吉田さんは昇進には無頓着なようだ。真面目が取り柄で上司の計らいで一年前に昇進させて貰ったと聞く。

定年一年前で昇進するのも異例だ。それにしても今更なのか？　どうやらその理由は昇進することにより退職金が違ってくるそうだ。

噂では功労者への配慮だろうとされている。

吉田さんは交番勤務を辞める気は更々ないらしく従って出世欲はないそうだ。

吉田さんと俺は親子ほど年が離れ身長も大きく違う。街の人々からはデコボココンビとして親しまれている。その俺が同じものばかり食べるので、から

「青木（あおき）、いつものって餃子にラーメンライスだろう？　よくも飽　物を食うこと」

そう云って笑う。

「でも光来軒のやつは絶品ですよ」

「そうかね？　俺は出前をしてくれる娘が絶品だと思うが……ハッ

俺は反論する言葉が出てこなかった。何故なら半分は当たってい　う

「それにしても、この暑さは異常ですよ。中には暑さにイライラす

ね」

吉田さんは交番の窓から歩く人々を見て頷く。

俺はこの交番に来て一年少しが過ぎた。俺が来る前は三人勤務だったそうだが今では二人勤務だ。勿論休みの時は他の部署から交代要員が廻ってくる。

と、いっても交番勤務は二十四時間交代勤務で行われるが人は一日中起きてはいられないから仮眠をとる時間は許されている。

交番勤務の一日

・7：00／起床
　独身者は寮または、独身でも一部、アパート、自宅等に住むことが許され、既婚者はそれぞれの自宅から出勤。出勤時はスーツを着用。

・8：45／警察署（本署）へ出勤、朝礼
　交番勤務員も朝は警察署へ出勤、まずはスーツから制服に着替え、勤務に必要となる携帯品の確認・補充。
　署全体で行われる朝礼では課長からこの日の業務の指示を受けるほか、警察署管内での事故の発生状況や連絡事項の伝達。ここで装備品・携帯品（無線、防刃衣、拳銃、警察手帳など）の点検。

・10：00／交番へ移動、当直者からの引き継ぎ

・10：30／来訪者&電話対応

・12：00／昼食　1時間の食事休憩。交代の場合は一時間ずれる
・13：00／巡回、交通違反の指導・取り締まり
・16：00／書類作成
交番勤務員は、110番通報や警察署からの連絡を受け、事案は、不審者や不審物の対応、痴漢、窃盗・万引き、喧嘩、未成年の飲酒や喫煙の取り締まり現場から戻ったら、報告書などの書類を作成。
・17：00／立番、街頭監視
・22：00／夜間パトロール　最低二人で
・2：30〜6：30／休憩、仮眠　交番勤務員は交代で四時間の休憩
・7：30／立番　通勤・通学時間に合わせて交番の前に立つ
・10：00／勤務交代、残務処理
・11：00／帰宅

上記は必ずしも守らなければならない規則はない。地域や事件等により変わってくる。

警察官だからといってそうそうドラマのように事件に遭遇する事はない。
夜は酔っ払いが暴れているなどと通報はあるが、大抵は保護者を呼ぶか宥めて収まり事件にならない。

時には空き巣とか、万引きなどあるが我々交番勤務は現場に一番先に駆けつけ本署に報告する橋渡しの役目で終わる。

交通事故などは交通課に引き継ぐまで交通整理する程度なので、ごくごく平和な勤務生活を日々送っている。警察官として禁句であるが気楽な勤務だ。

「ところで吉田さん十二月いよいよ定年退職ですね。淋しくないですか」

「そりゃあな、四十年近くもやってきたからなぁ……しかし誰もが通る道、素直に受け止めて余生を送るよ」

「そんな悲しいことを言わないで下さいよ。余計な事を聞いてしまいましたね。すみません」

「なぁにいいんだよ、来月には二人目の孫も生まれるしな、また婆さんにも苦労かけたしこの際、家族サービスもしておかないとな」

婆さんとは自分の奥さんの事らしいが照れ隠しだろう。

孫が生まれる以前は貴方、お前。または父さん。母さんと呼ぶのが日本では一般的だが、孫が生まれると孫に合わせて爺さん、婆さんと呼ぶようになるのか？

吉田さんも孫が出来て自分の事を爺さんと思っているのか？　しかし警察官、同年代の人よりは体力もあり、まだ五年以上は現役が務まる尊敬出来る大先輩である。

俺は吉田さんよりは十センチほど背が高く百八十センチだ。細身ではあるが警察学校時代は逮捕術には自信があった。

一応、警官である以上は剣道、柔道、射撃訓練はしてきた。しかし未だ大きな事件、犯人逮捕の機会に巡りあった事がない。

吉田さんはコンビニ強盗犯を二度現行犯逮捕した事があるそうだ。

一番の喜びは路上で恋人同士が喧嘩になり、逆上した恋人の男が別れるならお前を殺して死んでやると恋人にナイフを突きつけ立て籠もったのを、説得して交番に連れて行き仲直りさせたのが嬉しかったとか。

誰が通報したのか刑事が駆けつけた時には終わっていた。刑事は手柄を取り損ねたような顔をしたが、若い刑事は吉田さんに苦笑いして、ご苦労さまですと敬礼したとか。ちょっと頭に血が上って発作的にやったもので、出来れば犯罪者扱いしないで無罪放免してやるのも警察官としての義務だと吉田さんは思っている。

これもベテラン警官の貫禄か？

何も刑事だからと言って交番勤務の警官の階級が下だという事はない。

刑事でも吉田さんより下の階級の者はいくらでもいる。

ただ与えられた使命があり交番勤務の警官は事件の捜査はしない。

テレビドラマの影響で、どうしても制服警官が格下に見えるがドラマの構成上その方が、都合がいいからだろう。

それに吉田さんはベテラン警官でもあるし、同じ署の刑事も吉田さんには一目置いている。

出来ればこの程度の事は事件にして逮捕連行するのを避けたいと思っている。説得して分かってくれるなら犯人扱いしたくない。

その人柄に街の人々は吉田さんを人情おまわりさんと市民に慕われている。

昨今、警察官の犯罪が目立つ中、吉田さんのような警官が必要だ。

人情警官だからか分からないが一度も拳銃を使う機会はなかったそうだ。

と、吉田さんは其処までは教えてくれたが謎めいた部分も垣間見えてくる。

俺も突っ込んだ話は控えた。長く警察に勤めていれば思い出したくない出来事もあっただろう。

ドラマと違い一警官が遭遇する事件が殆どないのが一般的だ。

それだけ日本は平和なのだろうか?

その割にはテレビ、新聞の報道では毎日のように殺人事件が起きている。

吉田さんはこの交番へ来て五年と聞いているが、それ以前は何処で勤務していたか知らないし、吉田さんは話そうとしない。

署内でも吉田さんの過去を禁句のように誰も口にしない。五年以前は謎に包まれている。

別に俺は人情おまわりさんになろうとは思っていないが、いずれは刑事になりたいと思っている。

俺は警察官になってまだ五年目だ。キャリアなら国家公務員Ｉ種試験の合格者は将来の幹部候補生となり、いきなり警部補が約束されている。

同じ警部補でも、こちらは国家公務員でノンキャリア組は殆どが地方公務員であり格が違う。

聞くまでもなく俺はノンキャリア、そんな高望みはしないが、せめて退職までに警部にでもなれれば御の字だと思っている。

一年前にやっと巡査から巡査長になったばかりだ。それでも推薦があれば刑事になれない事はない。

今はその下準備というか警察官として実績を重ね大先輩にみっちり教わり、警察官として職務を果たしながら夢をめざすつもりだ。

若い俺にはやはり自分の手で事件を解決してみたい夢はある。

今まで最高の手柄は車上荒らしを現行犯逮捕したのが一番の捕り物だった。

拳銃、警棒、手錠を携帯しているとはいえ相手は善人じゃないし逮捕する時には緊張した。

刃物を持っているかも知れないし情けないが心臓がバクバクだった。

犯人は警察官の俺を見て怯んだのか、さほど抵抗もなく逮捕出来たのは幸運だったかもしれない。

改めて警察官の制服の威力には驚かされた。

同じ署の若い刑事が溢していた。

『刑事になったはいいが、地味過ぎて毎日歩くのが仕事でさぁ交番勤務の時が良かったよ。お前も無理して刑事を希望する事はないぞ』

この時ばかりは俺も少し引いたが、それでも一度は刑事をやってみたい。

世間では刑事がかっこよく見えるだろうが、聞き込み捜査などによる情報収集が仕事の八割を埋めるそうだから、地味な仕事であるらしい。

逆に我々みたいな制服組は常に拳銃を携帯している。街を歩くだけで防犯効果があるのだ。

それは一般市民を守る為と悪い事をすればこの拳銃が黙っていないぞと……

少し大袈裟な表現だがそんな理由から常時携帯する事が義務付けられている。

自分だって分かっている。この拳銃を使う事態に遭遇しない事を願っている。

それと日本は特に拳銃使用は厳しく、万が一威嚇発砲しようものなら詳しい報告書や詰問され、発砲した経緯を細かく問い詰められる。

時刻は夕方六時を過ぎた頃、吉田さんと巡回に出る事にした。交番は留守になるのでドアの前に留守中のプラスチックの札を下げておく。

緊急時の時は電話が備え付けられており署に直接繋がるようになっている。

「ふう暑いなぁ、もう日が落ちているというのに、なんて暑さだ」

「じゃ巡回に行くか、今日は土曜日だし盛り場のある吉原町の方から回るか」

夜のパトロールは自転車を使わず二人一組で歩く事にしている。しかし日が落ちたのに蒸し風呂のように暑い。

まさか制服警官が半袖で歩く訳にもいかず、おまけに重装備だ。拳銃、警棒、手錠、懐中電灯だ。

もうひとつ重要な無線機だが、我が署は今年から無線機に代わり警察用携帯電話が支給された。

因みにピーフォン（ＰＨＯＮＥ）と呼ばれポリス（警察官）の電話という意味らしいが性能は凄い、一度に五人と話せて緊急時のボタンを押せば即時に本署に繋がりＧＰＳ機能付き、地下道やトンネルでも繋がる高性能機種であり無線より遥かに小さく便利だ。

勿論無線機の役割も果たしており緊急情報も入ってくる。

「今日は土曜日ですし酔っ払いが多いでしょうね」

「そうだな。暑い時の生ビールは美味いだろうよ。俺達も勤務明けに飲んで行こうか」

「いいですね、考えただけで足取りも軽くなりそうです」

「早速酔っ払いか？　まだ日が落ちたばかりだと言うのに一体何時から飲んでいるのか？いい身分だぜ」

俺達は三十メートルほど先にいる酔っ払い男を、足を止めて様子をみた。

少し遅れて連れの女だろうか、男に文句をいいながら男を支えフラフラと横道に消えて行った。

「なんでぇ女に支えられるほどヨレヨレとは情けない奴だ」

吉田さんは苦笑する。

俺達は飲み屋街を一周し住宅街を抜け公園方面へ向かった。この市一番大きな県営の公園である。

公園の中央には池があり噴水が備え付けられ市民の憩いの場所である。夜は恋人同士が多く見られる。

広い公園であり多くの防犯灯はあるが、それでも死角があり暗闇になる。

其処を懐中電灯で照らすと驚いたように起き上がる恋人同士がいた。何も野暮な事はしたくないがこれも任務だ。

公園を一通り見廻り北の方に向かうと、ここからは殆ど人がいなくなる。

この先に神社があり参堂へと続く道がある。大きな杉の木が生い茂り街頭の明かりも大木の陰に隠れ薄ぐらい場所だ。

その大木に隠れるように二人の人影が見えた。

「吉田さん、誰か人がいるようですね。こんな場所で何をしているんですかね」

「うん、なんか様子が変だな。ちょっと見てみるか、お前は遠回りして反対側に廻れ」

そういうと吉田さんは一人その杉の木の下へ向かった。俺は言われた通り右方向へ進んだ。吉田さんは事件性を感じたのだろう。

もし犯罪に絡む人物なら逃がさないように別方向から挟み撃ちするようにするのが常套手段である。

俺は吉田さんが進む方向を見ながら遠回りに近づくつもりだ。間もなく吉田さんが懐中電灯を男達に照らし声を掛けた。

「あんた達はここで何をしているのかね？」

すると一人の男が慌てて逃げた。もう一人の男も逃げかけたが吉田さんが腕を摑むのが見えた。

俺は回り込むのを止め、逃げて走った男を追おうとした時だった。

ウッ！　という呻き声が聞こえる。吉田さんの方を振り向くと吉田さんが腹を押さえながら警棒を取り出し所だった。

薄明かりに照らされ鋭く光る刃物が見えた。

その距離は十五メートルほどで俺は夢中で吉田さんの元へ走りかけた。

「吉田さん!!」

俺は叫んだ。だが腕を摑まれた男が刃物を吉田さんの腹に喰い込ませ更に突き刺す寸前だった。

もう一時の猶予もならない三度も刺されたら吉田さんの命が危ない。俺は躊躇する事なく拳銃を抜き、片膝をついて拳銃を両手で支えた。

丁度吉田さんが倒れ、男が吉田さんを見下ろす形になり腰を屈め右手の刃物が吉田さんの腹に喰い込む、と同時に銃声と発射された光が一瞬闇夜に輝き再び闇夜に包まれた。

放たれた銃弾は男に命中したのか男は倒れた。俺は吉田さん！　と叫びながら吉田さんの元へ駆け寄った。撃たれた男よりも吉田さんを優先した。

真夏の暑い夜、今日もいつも通り巡回し勤務明けに吉田さんと飲みに行くつもりだったのに……。

吉田さんは腹を押さえ痙攣を起こしている。吉田さんを刺した男を見る余裕もなく俺はピーファンを取り出し本署へ通報した。

「事件発生！　場所は宮園神社参道付近、吉田警部補が腹部を数回刺され重体、本官は犯人に発砲、怪我の程度は不明、至急救急車と応援願います」

「了解、直ちに応援及び救急車を向かわせる」

「了解、申し遅れましたが犯人は二名と思われ一人は逃亡中、至急、至急吉田さんの意識がありません。かなり危険な状態です」

三分ほどして近くをパトロールしていたパトカーだろうかサイレンが聞こえてきた。

一分も経たない内に二人の警官が慌ただしくパトカーから降りて駆け寄ってきた。

「一体どうした？」

二人の警官が吉田さんと倒れている男を見比べ、更に俺の方に顔を向けた。

「………」

悲惨な状況に一瞬声を失ったようだ。当の自分も混乱している。なにはともあれ吉田さんが心配だった。

それから間もなく救急車とパトカーが次々と到着した。

拳銃発砲と現職警官が刺されて重体という大事件となった。暗い神社の参道は警官と野次馬でお祭り騒ぎのようになった。

その間、俺は吉田さんの体を支え呆然として動く事さえ出来なかった。


一瞬の出来事だった。何度も研修で教わった基本的な事件への対応がどれだけ出来たのだろうか？

尊敬する大先輩が重体、殺されたかも知れない事態に俺は本能的に行動してしまったのか？　基本である威嚇発砲さえしていない。

しかし威嚇発砲する余裕はなかった。威嚇発砲したら犯人は刃物を捨てただろうか？　今になって大変な事をしてしまったと思う。

本署からは副署長まで駆けつけた。部下が刺され重体となればノホホンと挙がってくる情報を待っている訳にはいかないのだろう。

吉田さんは俺の手から離れ救急車に乗せられた。俺は本署から来た捜査一課の森下警部と副署長に厳しい高調で呼ばれた。

「一体どういう事だ!?」

「本官と吉田警部補と飲み屋街から中央公園を見廻りこの参道へとパトロールしました。するとこの杉の木付近で二人の男の影が見えました。こんな時間にこの参道に隠れるように話しているのを不審に思い、吉田警部補が懐中電灯を照らし二人の男に近づいて行きました。どうも怪しいというので警部補の指示で本官は廻り込むように後ろ側に廻る途中でした。その時間は一分足らずで一人の男が急に逃げ出し、警部補がもう一人の男の腕を掴むのが見えました。本官が逃げた男を追いかけようとした途端、うめき声が聞こえ本官はそちらの方に振り返りました。すると警部補が膝を突き男がおそらく二振り目と思われる刃物を警部補に突き刺すのが見えました。本官は慌てて拳銃を取り出しました。すると男は更に警部補に刃物を向け突き刺す寸前で、と同時に本官は男を目がけ発砲しました。男はその場に倒れましたが本官は警部補を抱き起こしながらピーフォンで通報した次第であります」

森下警部は無言で副署長の方を振り向いた。警部補が刺されたのは大問題だが自分が発砲したのが問題になっているようである。

数分して自分に詰問している森下警部に別の警官が耳元でなにやら囁いた。

一瞬、森下警部の顔が強張った。

「君は青木巡査部長だったな？　先ほど吉田警部補を刺した男が病院に到着と同時に死亡したようだ」

「えっ……」

俺は絶句した。俺は人を殺した。警官の職務とはいえ一人の人間を殺したことには変わりはない。しかも威嚇射撃抜きで射殺したのだ。

「ところでもう一人の男が逃げたと聞いたが顔は見ていないだろうな？　いいんだ。そんな状況じゃ確認出来なかっただろう。だが君も警官だ。今回の事件を解決しない事には警部補も報われないだろう」

「あの、どういう事でしょうか？　吉田さん……いいえ警部補に何かあったとか？」

「いや、たった今だが手術室に入ったそうだ。君も心配だろうが職務を優先してくれ」

俺は厳しく叱咤されると思っていたが、警部は気遣いさえ見せてくれたのが少しは救われた。

ただこのまま無罪放免で終わるとは思っていない。

俺の発砲が警官として正当なものか、これから査問委員会か何かによって裁かれる事になるだろう。

もうこの時点で俺は警察官として失格なのか、緊迫した状況だったが俺が発砲していなければ吉田さんは確実に死んでいた。

まだ生死の境だがこれで死なれては俺も吉田さんも救われない。犯人が死んだのは仕方がないとは言わないし他人の命を奪ったのだから。

拳銃とは恐ろしいものだ。一発の銃弾で命を奪うのだから、拳銃の取り扱いが厳しいのは頷ける。

しかし奪うばかりではなく他の人の命を救う事も出来る。吉田さんが助かれば俺の心の中では救ったと思えるのだが。

事件から三日過ぎた。三日三晩事情聴取されやっと解放されたが、これで終わった訳ではない、むしろこれから始まるのだ。

考えても仕方がない。それよりまず吉田さんが心配だ。未だに意識不明の重体らしく面会出来る状態ではないらしいが病院に行き顔だけでも見たい。

大先輩というより父親みたいな存在になりつつある人だった。生まれてくる孫を見ないでどうするのと励ましたい。

俺は取り敢えず謹慎処分を受け自宅待機を命じられたが、吉田さんへの面会と近所での買い物だけは許されている。

俺はその足で病院に向かった。しかし面会謝絶で断られたが諦める訳にはいかない。担当医師に状況を伺った。

幸い手術は成功したが、ここ一週間が生死の境だという。もし治っても後遺症が残る可能性があるという。

俺は仕方なく病院を後にして自宅のアパートに引き返した。

勤めている交番から一キロと離れていないアパートだ。今は別の警察官が俺達に代わり常勤している。

しかしその交番に出向く事も禁止されており、事件の経過を知る由もない。

俺はパソコンを起動させた。案の定、先日の事件の事が沢山載っていた。

『またも宮園警察署で警察官の発砲射殺事件』そんな記事が見つかった。

またもとは以前もあった事になる。その事件を調べてみた。

ある刑事が人質を取って立て籠もった男に発砲したが跳弾となって市民が犠牲になったとある。

勿論、その刑事の名前は公表されていないし警察も発表していない。

その記事には賛否両論が渦巻いていた。やむをえない行為と言う者や警察なら犯人逮捕の為とはいえ市民を犠牲にしても許されるのかなどと意見が寄せられている。

どうやらその事件は六年前に起きたものらしい。俺はまだその時は警官ではなく学生だった。記憶にも残っていない。

それから一週間が過ぎ、今から署の総務課長が訪ねてくると連絡が入った。

『総務課長？　なんで総務なのか疑問に思った。別の署に移動なのか、それならその前に公安委員会か何かで発砲射殺に関して懲罰が下されてからだろう』

俺は自分がどんな処分を受けるのか犯罪者が判決を下されるような心境なのだ。まったく関係のない部署からなんの用か想像がつかなかった。

午前十時、アパートの鉄で出来た階段を上ってくる足跡がした。まるで死刑執行の刑務官が来たように思えた。

カツンカツン乾いた靴音が近づいてくる。やがてブザーの音がした。

俺は古びたアルミで出来たドアを開け、その場で直立不動の体制で敬礼をした。一人かと思ったら二人だった。俺は中へ招き入れた。

一人は総務課長で顔は知っている。そしてもう一人はあの事件の時の森下警部だった。

その森下警部が先に口を開いた。

「まず事件の経過から話そう。逃げた犯人だが君が射殺した……いや吉田警部補を刺した犯人の遺留品から、もう一人の男の身元が判明し昨夜逮捕した。二人の関係は薬（麻薬物）の取引相手と判明。共に暴力団の一員だが同じ組織ではないそうだ。いずれにせよ君が撃った相手は前科者であり善人ではない。だが発砲したものが正当か否かは、明後日出頭命令が下されると思うが、其処で質疑応答により公安委員会からなんらかの決定が下される。実は総務課長が訪れたのには訳がある。その前に我々宮園署は署長始め署員全員が君の正当性が認められるように祈っている。だから警察官を辞めようとか悲観的な事は考えるな。良いな」

俺は堪っていた不安と緊張が緩み、涙が込み上げきた。

「ありがとう御座います。本官のような者に温かいお言葉が身に沁みます」

小さな折り畳みのテーブルに向かい合っていたが、俺はテーブル横に回り二人に正座して深々と頭を下げた。

すると代わって総務課長が、良いからと座るように諭された。

「君の今の心境は痛いほど分かる。君の事は吉田さんからよく聞かされ知っている。実は吉田さんと私は同期でね、でも私の方が年は三歳下だがね。そんな訳で彼は親友に近い存在なのだ。吉田さんが定年前に一人息子が出来たような感じだと言っていた。それが君の事らしいがね。依然として意識はないのだが峠は越えたらしい、命は助かるそうだよ。実は我が署で六年前にやはり警察官の発砲事件があった。日本はとかく警察官の発砲に五月蝿い国であり、拳銃はお飾りのような物になりつつある」

「はい、私もつい先ほどですがインターネットで、そんな事件があった事を知ったばかりです」

「そうか、別に隠していた訳ではないが我が署ではあまりその話題に触れたがらない傾向にあった事は確かだがね」

総務課長と警部はそこで一呼吸置き、冷めかけたお茶を啜った。

「実は今日来た理由はその六年前の発砲事件に関係する事だ。これは極秘中の極秘だが、その発砲したのは君の現在の上司である吉田警部補なのだ。我が署の管轄内で起きた事件だが署内では発砲者が誰であるか上部の人間しか知らない」

「え!? 吉田さん……いや警部補が、ですか」

「そうだ吉田さんと俺は当時刑事でコンビを組んでいた。今回の事件と違うのは人質がいた事だ。人質は負傷し危険な状態だった。犯人は興奮していて説得出来る状態でなくなった。吉田さんは威嚇射撃したが犯人は、それに反応したかのように人質を殺そうとした。犯人と吉田さんの距離は数メートル前後、この至近距離なら犯人だけを狙える。吉田さんが今度は犯人の腕を狙って撃ったが数センチずれてナイフが吹き飛んだ。だがナイフに弾かれた銃弾が跳弾となって一般市民の老人が死んでしまったのだ」

「なんて運が悪い事か……」

総務課長は当時を思い起こしたように上を向いた。更に重苦しく語り始めた。

「私がコンビを組んでいて申し訳なかった。吉田さんは拳銃の名手で有名だったんだ。だから吉田さんしかいなかった。期待に応え見事に刃物を撃ち落とす事が出来た。その時は誰もが歓喜したほどだった。だがそれがアダとなった。吉田さんよりも警備にも問題があった。もっと野次馬を引き下げるべきだった。当時の署長や幹部は責任を問われ飛ばされたよ。だが吉田さんを誰が責められようか」

総務課長にも深い傷となって残っているようだ。

「勿論、警察全体が世間から批判を浴びた。私がコンビだったから庇う訳ではないが吉田さんが撃たなかったら人質は死んでいただろう。もし撃つのを躊躇い人質が死んでいたら、これもまた批判は大きくなっただろう。本当に運が悪い事件だった。現在偉くなっている連中や県警本部は吉田さんに頭が上がらないのさ。で、吉田さんの希望を受け入れ宮園署に長年異動せず現在に至るがね」

俺は吉田さんの謎めいた過去を知った。拳銃を使った事がない……そう思いたかったのだろう。無理もない悪夢だもの。

「この事件は大きく報道され遺族が告訴し裁判までに発展した。県警本部は、発砲は人質を守る為の正当な発砲であるが、何の関係もない市民を犠牲にした事は深くお詫びしますと、大きな話題になった。吉田さんは無罪となったが刑事を辞め交番勤務を選んだ。知らないと思うが吉田さんがいま提げている拳銃には実弾が入ってないんだ。私も刑事を辞め現在の職にある」

「そうだったのですか……私がまたご迷惑をおかけする事になり、どうお詫びして良いか」

「心配するな。全国の警察関係の人々から沢山の励ましの手紙やメールが届いている。我々警官が銃を撃てなくなったらどうなる？　暴力団など悪人はしたい放題になる。アメリカや外国はどうだ？　相手が警官に抵抗したら銃を撃って犯人が死亡しても査問委員会なんか出てこない。以前から警察官はどんな状況でも発砲してはいけないのかと全国の警察官から不満が出ている」

いずれにせよ俺が発砲した事件は世間や全警察から賛否両論で騒がれるだろう。でも嬉しかった。警察や世間から晒し者にされると思っていた。

二人は俺の肩を叩いて励まし帰っていった。

マスコミはどうこの発砲事件を警察は判断するのかテレビ、新聞で連日騒がれた。

二日後。俺は公安委員会に呼ばれ処分が決まった。

十名近い委員会の人達だろう。入室すると品定めするように一斉に俺に視線を浴びせる。座るように促され一礼して俺は席に着いた。

「まず君の所属と階級、氏名、年齢を述べなさい」

俺は座ったばかりだったが再び直立不動の体勢をとり質問に答えた。

「本官は宮園署、前川交番に勤務し階級は巡査部長、青木良知（よしかず）二十七歳であります」

「今回の事件だが、この場所は事件の真相を明らかにする場所でなく君が発砲し犯人が死亡した事が正当であるか否かを審議する場所である。それに対し君は何か申し開きする事があるなら述べなさい」
「いいえ一切ありません。本官は下された処分に対して何の異義もなく従います」
「宜しい、では君に対しての処分について述べるが、その前に今回の警察官発砲事件に対して世間から注目を集めている。これは公安委員会の意見ではなく私個人の意見であるが、制服警官は拳銃の携帯を義務付けられている。決して飾り物でないが、銃を撃てば死傷する事があり、その為に日本の警察は銃の扱いに対して世界一厳しい国である。おそらくこれがアメリカなら賞賛を浴びる行為であると思う。残念ながら日本は逆に撃った警察官を正当か否か審議しなければならない事を心苦しく思う。さて此処からは公安委員長として述べる。ここに挙がって来ている資料によると吉田警部補が二度刺され三度目の刃が喰い込む寸前で君が発砲した。まさに間一髪でその刃先が吉田警部補の腹に三センチの所で止まって撃たれた。ここが重要であり、もし君が発砲しなければ吉田警部補は即死に至っていただろうと言うのが結論である。威嚇射撃の余裕もない事は証明され、我々公安委員会は君の正当性を認める事とした。ただ世論は無罪放免では納得出来ないと判断。拠って次のような処分を下す」

俺の処分が言い渡された。今の心境は複雑だった。別に公安委員会の処分に不満を持っている訳ではなく、やはり人を殺めた罪悪感が残る。

どんな悪人だろうと家族はいるだろう。その家族を思うと心苦しい。吉田さんならなんと言ってくれるのだろう。

一ヶ月間の謹慎と三ヶ月間の減棒、復帰後は生活安全課の内勤と決まった。

俺はその足で総務課長を訪ね報告した。

「そうか謹慎と減棒は世間の非難を和らげる手段だろうが、暫くは事務職だが二年ほどは我慢してくれ。落ち込むなよ。君のような正義感溢れる若き警官を絶望させたくない、精神的苦痛は誰も分かってやれないが時間が和らげてくれるさ。そうそう吉田さんが意識を取り戻したよ。意識が戻ったら真っ先に君の事を心配していたそうだ」

「ほっ本当ですか？　良かった。本当に良かった。早速報告に行ってきます」

「そうしたまえ、喜ぶぞ」

あれから二年が過ぎた。結局俺は吉田さんと似たような経験をした事になる。

俺は黙々と机に向かって事務職に没頭した。つい先日、三人目の孫が生まれたから遊びに来いと吉田さんから連絡を受けた。

吉田さんは後遺症もなく無事に定年退職していった。ある日の事、吉田さんに誘いを受けて吉田さんの家に招かれた。

吉田さんには二人の娘がいて二人とも子供がいるが、嫁いで行ったので家族は奥さんと二人だけだという。

「お前には本当に助けられたよ。そのせいで辛い思いをさせて申し訳ない」

吉田さんは事あるごとにそう言う。奥さんも貴方は主人の恩人よと大歓迎してくれる。その奥さんがこんな事も言った。

「主人は青木さんを実の息子だったら良かったのに、娘が嫁いでいなかったら娘婿に出来たのにと酒に酔うと涙を溢しながら言うのよ」

俺も実の父のように思っているから心底嬉しかった。

今では家族のように付き合っている。そして今日、吉田さんの嫁いだ娘夫婦と孫が集まるそうだ。

俺は家族じゃないし別の機会にと言ったら怒られた。

「バカヤロー!!　淋しい事を言うなよ。お前は息子だ」

そんな訳で俺は日本酒二本下げて吉田家を訪ねた。

吉田家の大広間は大賑わいだった。娘さん夫婦達も大歓迎してくれた。

なにせ父が息子と宣言しているくらいだから、その歓迎ぶりは度を越えていた。

「今日はお招きを頂きありがとう御座います。それと報告があります」

俺はおどけながら直立不動してみんなの顔を見渡し、

「本官は来月付けで刑事課に配属が命じられました。大先輩に刑事の心得を教わりたいと思います」

吉田さんには以前から刑事になりたいと話していた。悔いはないのかと問われたが、私の夢でしたからと伝えてあった。みんなが拍手喝采し祝ってくれた。

ただ俺が刑事になれたのは吉田さんが総務課長や森下警部に青木の希望を叶えて欲しいと頼んであったらしい。

俺がそれを知ったのは数年先の事である。

「青木、おめでとう。でも伝授するのは嫁を貰う心得だ。見合い写真を渡したがまだ返事貰ってないぞ。それとも光来軒の娘が忘れられないのか?」

みんながドッと笑った。

了

湖畔の宿

この湖畔の宿を予約したのは二ヶ月半前の事だった。十和田湖の紅葉の季節は人気が高く早めに予約しておかないと取るのは難しい。やはり大きなホテルは取れなかった。仕方がなく小さな旅館を予約する羽目になった。

だが今年は大幅に気温が下がり、紅葉の時期は過ぎ去っていた。多くの人達は予想が外れ、取り消した人も多いだろう。だが私達は予定通り旅を強行した。

たとえ紅葉の季節が終わっても旅行をキャンセルしたら二度と旅に出る気になれないだろう。

十和田湖のもみじの葉も枯れ落ちて、冬の備えと移り変わりつつある。

枯れる……まるで私の心のように、涙も涸れ落ちたようなそんな気分になった。

落ち込んだ私を勇気づけようと、夫の悟さんは私に精一杯の気を使ってくれる。

私も分かってはいるが立ち直れず廃人のような毎日を過ごしてきた。

今回は夫の誠意に応えるつもりで、私は重い腰をあげて夫と共に旅に出たのだった。

私は少しでも忘れようと努力した。でもその度に忘れてはいけないと自分に言い聞かせ常に心は揺らいでいた。

紅葉の季節は終わり、十和田湖の湖畔はひっそりとしていた。

もちろん湖畔には人影もまばらで、今夜泊まる宿も四組だけらしい。

それでも私達はこの宿に泊まった。ただ心が休まればそれでいいのだ。

夫はガッカリしているが、私はたとえ紅葉が真っ盛りでも楽しめたかは疑問だった。

旅館のホールは十畳ほどしかなく閑散としていた。

「ようこそ、遠い所をおづかれ様でした。えーと東京からお越しの坂本様……承っております。紅葉は終わりましたが、せいいっぱいお持て成しをさせて貰いますで」

東北訛りの女将さんの受け応えが、東北の旅をしている実感がする。

此処は東京と違って寒い日が長い。でも寒い分だけ、この地方の人達は心が暖かいのだろうか。

それが早速実証される事になった。それは私達を担当した年配の仲居さんだ。

「いらしゃいます。おぎゃぐさん東京だからだっぺすか、ほんにお疲れ様だす。ゆっくりしてくんなさいな。紅葉の見所も過ぎ十和田っ湖はなぁんも無いけど料理だけは、ずまんすっから」

六十過ぎと思われる仲居さんは前歯が一本抜けていた。それが飾らなくて愛らしい。

身長は百五十六センチ前後で顔は少し丸顔だ。しかし何処となく愛嬌がある風体だ。

「おぎゃぐさん、お風呂はどうでがすたか。まぁ大きなホテルと違って小さい露天風呂だけど流し湯だけがずまんでなす」

「ええ、とっても良かったですよ。リンゴが入っているのには驚きましたが」

「ああリンゴはこの旅館の女将さんちの、畑から取ってきたもんで疲労回復、美肌、冷え性の予防に効くんで評判いいでなす。無農薬だけんど売るほど作っている訳でもないんで、風呂に入れてますだ。良かったら味見してみんかい」

「まぁ是非、本場のリンゴを食べてみたいわ」

「ほんじゃ後で持って来やす」

料理を揃え終えてから、仲居さんは自分の手提げ袋から何やら取り出した。

「今日はおぎゃぐさん特別だぁ。オラが作った自慢の漬け物だんども食べてけろ」

そう言って料理とは別に、自分で作った物をサービスで置いていった。

夫と私は思わず笑った。屈託のない仲居さんだ。とても暖かい気分になれた。

その仲居さんの作った大根の漬け物は確かに絶品だった。大根でも沢庵とはまったく別物だ。自慢するだけの事はある。仲居さんは食事が終わってお膳を下げるついでに、暇なのか世間話をして笑わせてくれた。

「おぎゃぐさん。寒くないがすか？　急に冷え込んできたもんで暖房が弱いじゃないかと思いましてなぁ。どんですか、あんばいは」

方言と言えばそれまでだが、通訳が必要なくらいに聞き取るのに苦労したが、なんとなく意味は分かった。

「ええ大丈夫です。お気遣いありがとう御座います」

「さっきから聞いてるけんど都会の奥様って。なんて美しい言い方でなっす。まるでオラが御奉公に上がっている時の社長夫人のように思えてきますがな」

「ええ？　アタシが社長夫人。はっはは。とんでもない。ごくごく普通の主婦ですよ」

「そんですかぁ、では幼い頃は裕福な家庭のお嬢様として育ったんじゃ？」

「またまた仲居さん。お世辞が本当にお上手。それじゃあ今夜だけ良家のお嬢様育ちという事で夢を見させて貰いますわ」

「いやいやお世辞じゃありまへん。オラが若い頃、東京の社長さんの家でお手伝いをやってた時の奥様に感じが似ていて思い出してしまって。品の良い奥様で旦那様も幸せ者でなっす。そんな人に田舎の婆さんが作った漬け物を喰わせるとは申し訳ない事したべか」

　すると夫の悟さんが言った。

「とんでもない。びっくりするくらい美味しかったですよ」

「まぁまぁ旦那様もお世辞が上手い事。まぁ冗談でも嬉しいがす。おっと！　せっかくの旅の夜。邪魔してしまって、ほんじゃまぁお休みなさいます」

　陽気というか東北の温もりというか、私の沈んだ心が取り払われたような心地がした。旅館は古く小さいが、あの仲居さんのお蔭で心が安らぐ。

　そしてフワフワの布団の中に入った。大きな枕が置いてあったが私はそれを退かして旅行バッグの中から小さな枕を出した。

　キティーちゃんの刺繍がされてある。私はそれを抱きしめ、また涙が零れる。

「康子（やすこ）、まだ忘れられないのか？」

「惨い事を言わないで。私達が忘れたらあの子が生きた証が無くなるでしょう」

「それは分かるが、君が可哀想で見てられないんだよ。旅をしている時くらい忘れて欲しいよ」

「ごめんなさい。でも真理（まり）の枕で寝ると一緒に居るような気がするの」


二年前の事だ。もともと私の娘、真理は肺器官が悪かったが、肺炎がこじれ咳が止まらず僅か五年の生涯を閉じてしまった。それから私は廃人のように生きてきた。

夫はそんな私に誠心誠意尽くしてくれたが。自分でも分かっている。早く立ち直らなければと。真理が亡くなってから、私は一日とて外泊した事がなかった。

真理の匂いがする枕。その匂いが取れないよう特製のビニールのカバーを掛けて私はいつも、その枕で寝た。だから旅に出てまで持って来たのだ。

いつまで経っても娘の思いが忘れられない私。本当に夫には申し訳ないと思っている。

夫は私の為に貴重な休みを使って旅に連れて来てくれた。だから私は出来るだけ明るく振る舞いたい。でも真理を忘れたくない。せめて真理の匂いのする枕で寝ると、添い寝している気分になれる。


その翌朝の事だ。あの歯っ欠けの仲居さんがやって来た。

「おぎゃぐさん、お早うごぜいます。ゆんべは良く眠れましたかなっす？　あんりゃまぁ可愛いまくらっ子だじゃなっす。なんすて持って歩いてすっか」

私はその仲居さんの人なつっこさに、つい娘の想い出の枕だと言ってしまった。

熱心に聞くものだから真理が亡くなった経緯を話すと、仲居さんは目頭を熱くしてとうとう、ポロポロと涙を零し泣き出した。

「おぎゃぐさん。オラの孫も五歳で亡くなったでやんす。ほんに淋しいもんでがすなぁ。娘もおぎゃぐさんのように暫く立ち直れず慰めるに大変でやんすた。オラの娘も早く結婚したんでオラが五十過ぎに孫が出来たんでがす。だども可愛い孫が亡くなってなす。おぎゃぐさんの気持ち痛いほど分かるんでがんす」

その仲居さんは我が事のように、涙しながら私に同情してくれた。

朝食を食べ終えてからも余ほど暇なのか一時間ほども仲居さんと話した。

互いに悲しみを共有する事で、すっかり意気投合した私達だった。

「だどもお客さん。気持ちは痛いほど分かるけんど。お客さんがいつまでも悲しんでいたら亡くなったお嬢さんが可哀想じゃ」

「えっ？　どうして。娘を忘れない事があの子への供養じゃないんですか」

「そりゃあ違うだっぺ。お客さんが毎日悲しんでいたら天国のお嬢さん、きっと泣いてるべさ。お客さんが明るくなってこそ、お嬢さんは喜ぶに決まってっぺっさ。今日一日楽しかった事を報告してやれば喜んでくれるに決まってぺっ。オラは孫にいつもそう報告してるべっさ。オラの娘も、もっともだとやっと立ち直れたんでがんすよ」

いつの間にか（おぎゃぐさんから、お客さん）と発音が良くなっていた？

長く話している内に饒舌になり口が滑らかになったのか、それとも東京でお手伝いとして働いたのだから、嫌でも標準語で話さなければならない。たとえ田舎に戻ったとしても標準語を話せない訳がない。だとしたら、あの訛りは演技なのか？　旅をしていれば、方言を聞くのも情緒があり一つの楽しみ。それを承知で訛りの強い方言を使っているのだろうか。

だとしたら強かな仲居さんだ。いや役者と言っても良い。

ともあれ、この時以外は東北訛りの、おぎゃぐさんに戻っていた。

外は冷え冷えとしているが、湖畔の宿は暖かい。いや仲居さんの心が温かい。

仲居さんが帰ったあと、夫が納得したように語った。

「なるほど。流石は年の功。なんか君の心が見透かされたようだな」

「ほんと、仲居さんの言う通りね。私が立ち直らないと娘が悲しむものね。それにしても、あの仲居さん人の痛みも取り除いてくれる魔法を持っているのかなぁ。本当に来て良かったわ」

仲居さんの飾らない方言と、娘を亡くした私、孫を亡くした仲居さん。悲しみを共有する事で、とても親近感が持てた。この仲居さんのお陰で呪縛から解放された気分になれた。あの仲居さん、まだ戦後と言われた時代に生きてきた人達だ。年は知らないが少なくても六十代半ばか後半だろう。親兄弟、友人などの死の別れを何度も味わってきたのだろう。私はまだ親も兄弟も健在だ。それだけに娘に逝かれた事はショックだった。だけどあの仲居さん、そんな中で生き抜いてきた。免疫が出来ている。だから説得力があったのだろう。

もちろん、あの言葉で全て立ち直れた訳ではないが、子供を亡くしたのは私だけじゃないんだ。それでも世間の人々は、乗り越えて生きている。だから私にも出来る筈と悟った。

私達は十和田湖温泉を後にした。その帰りの新幹線の中での会話は、もちろん、あの仲居さんの話題ばっかりだった。

「いやぁ本当に安心したよ。君がこんなに明るくなってくれるとは夢のようだ」

「ええ、貴方のお蔭よ。小さく古い宿だったけど、あれが日本のおもてなしの心というのかしら。いやあの仲居さんは特別……あっ肝心な事を忘れていた。あの仲居さんの名前を聞いてないの、どうしよう」

「はっはは、心配ないさ。帰ってからお礼の電話をする時にでも聞いておけばいいよ」

私達は今回ほど楽しかった旅行はなかった。真理が亡くなって二年、しぶしぶ夫の誘いで行った旅行が塞ぎ込んだ心の扉を開いてくれた。それが嬉しくて、あの仲居さんにお礼の電話を入れた。

あの仲居さんの名前は早乙女（さおとめ）さんと言う事が初めて分かった。

私は何度もお礼を述べた。貴女のお蔭で立ち直れたと。すると仲居さんは私以上に喜んでくれた。

「ほんにまぁ、オラは長い間、この旅館で働かせてもらってけんど、こんなに喜んでくれた、おぎゃぐさんは初めてだぁ。ほんにこったに嬉しい事ながったなし。またお出でくださいな」

それから間もなくあの仲居さんから小包と手紙が届いた。送り主名だが仲居さんの名前を見て笑ってしまった。（早乙女しおり）誠に失礼ながら想像も出来ない可愛い名前。お婆さんなのだが人情は天下一品の美人だ。

それから何度も互いに手紙と贈り物を通して交流が続くようになった。

その手紙には送られてきた、あの漬け物の名前が書いてあった。ガックラ漬けというそうだ。麹と砂糖と裂きイカを少し入れ、あとたっぷり水を入れるそうだ。樽の半分は水で埋まるくらい。名前の由来は鉈でガックリと割ったように大根を切るから。

石炭の欠片のような形だ。見た目は豪快な切り口で一つとして同じ形のものはない。

本当は真冬ほど美味く漬かるそうだ。樽ごと凍るそうで、その氷をハンマーで割って取り出して食べるらしい。

届いたガックラ漬けはアッサリした味と大根の旨味がマッチして美味い。

本当に不思議な縁だった。旅は道連れ世は情け。日本には素晴らしい諺がある。

だが誰でもこんな縁に巡り合える訳ではない。若い独身だったらあるかも知れないし、三十代後半の私達夫婦なら同じ年代の夫婦と意気投合する事はあるかも知れないが、母のような年齢の人と、こんな付き合いが出来るなんて不思議としか言いようがない。


今ではもう東北のお母さんという感じだ。私も何度も贈り物と手紙を添えて出していた。

私達夫婦、来年こそ十和田湖の紅葉を見ようと、しおり婆さんへ情報を聞いていた。

その情報は見事に当たった。もちろん紅葉も楽しみだったが、しおり婆さんと逢うのが何よりの楽しみだった。

そして今年で三年目。私達夫婦はあの旅館に向かう。娘の枕は置いていく。もう悲しみも薄れ娘の楽しかった想い出だけが残っている。湖畔の宿でまた仲居さんに会える。そして娘にも報告しよう。東北の素敵なお婆さんの事を。


「おぎゃぐさん!!　暫くだっすなぁ」

「はぁい早乙女さん。ガックラ漬けのお返しよ。雷おこしと人形焼きですけど」

「あんりゃ。おらの大好物だべ。でもおぎゃぐさんから貰っていいんべか」

「何を仰います。私達は東北の母に会いに来たつもりでいるのですよ」

「あんりゃまぁ、都会の娘夫婦が戻ってきた気分になるでないの」

仲居さんは、また屈託のない飛び切りの笑顔で出迎えてくれた。

相変わらず前歯が一本抜けたままだが、仲居さんのトレードマークだろうか？

また今宵は仲居さんの話が聞ける。外は寒いが人の心は温かい。

湖畔の宿。今では私の心を癒してくれる大切な宿、そして仲居さんである。

了

初恋の人

私は若い男性社員数人に問うたことがある。

「君たちは結婚するとしたらどんな相手を選ぶ」

「それは勿論、美人がいいんじゃないですか」

「確かに美人も良いけどそれだけでは駄目だ。やっぱり優しくないと」

「俺は容姿端麗それに尽きますよ」

「僕は美人じゃなくても、しとやかであればいい」

色んな答えが返ってきた。当然と言えば当然の答えであろう。それを思い出していた。

それなら自分はどんな相手を好きになり恋をしたか、そして最終的にどんな相手と結婚したか。世の中そうそう理想通りの相手と結婚できるかは難しい、多少の妥協がないと……。

当時を思うとあの初恋の人は理想の女性だったのか。いま思うと定かではない。恋は盲目とも言う。恋に夢中になり彼女は世界一いい女と思い込んでいたかも知れない。しかしそれでも初恋は生まれて初めて好きになる人であり、二度と経験できない恋という財産かも知れない。

あれから四十年の月日が流れただろうか。今でも皆の笑い声が聞こえてくるようだ。

在校生が唄う。仰げば尊し、の歌声に見送られて高校を卒業した。当時は卒業式の定番だったが昨今は卒業ソングランキングで二十三位ともはや忘れ去られている。これも時代の流れか？

父の仕事の関係で私は高校卒業と同時に故郷を去り東京に行くことに。私には当時恋人がいた。しかし卒業と同時に離れ離れの運命になった。初恋の人、花岡留美（はなおかるみ）の笑顔を心に刻みながら、生まれ育った故郷に別れを告げなければならなかった。

留美と別れる時は本当に辛かった。そんな苦い青春の一ページが蘇る。

私はいつになく会社のデスクに向かって、そんなことを思い浮かべていた。

ぼつぼつ定年も視野に入れながら、将来のことについて考えるようになり子供達も独立した今、定年後は沖縄か故郷に住むという第二の人生を考え始めていた。

そんな時、中学時代の級友から同窓会の招待状が届いた。仕事に追われて五年ごとに開かれていた同窓会は全て欠席していたが、今回はなんとしても出席したい気持ちが強く出席に○を付けて返信した。


いま思えば故郷のことなんか考える余裕はなかった。故郷を離れて二年、私が二十歳の時に父は病で倒れあっさりとこの世を去った。残されたのは三歳年下の妹と母のみ。東京の大学に通っていたが、父が亡くなり自分が家族を支えなければならない。

大黒柱を失った我が家、母には大学を辞めて働くと言ったのだが、母は折角入った大学を中途退学したら、お父さんが悲しむからと大学だけは卒業しなさいと、母が勤めに出た。そんな母の気持ちを受け止め、学校に通いながらアルバイトを始めた。妹もアルバイトをして、なんとか無事に大学は卒業することができた。

時は経済成長期で条件の良い会社に入ることもできて、妹も無事に大学を卒業した頃、私は職場結婚したが父の死を除けば、まるでベルトコンベアーに乗った人生のようだった。就職、結婚、昇進、子供が生まれ気がついたら母は他界、妹も結婚して子供がいる。母が他界したほかは特に悪いこともなく、大した刺激もなく平凡な人生が過ぎて行った。妻も優しく子供達も、これといった問題もなく育ってくれた。そして定年が近づいた頃には部長までになったが、それ以上の出世は遠く、それどころか最近は第一線からも外れ、名前だけの役職で会社にいる。


机の引き出しから、また同窓会の招待状を取り出し少年の頃を思い出していた。もしかしたら花岡留美に会えるかも知れない。しかしもうそれは四十年も昔のこと。生きていくのに精一杯で、留美を思い出すことさえ忘れていたのだ。今更それがどうしたという訳じゃないが、あの頃の淡い恋が新鮮に浮かび上がった。

今では会社の方も、若い社員の指導役に回り少し寂しい思いもあるが、これも時代の流れか、老兵は消え去るのみかも知れない。長期休暇届もすんなり認められ嬉しくもあり、必要とされない寂しさが入り混じった。そして妻に同窓会に行くことを告げた。

「母さん、悪いが久し振りに田舎に行ってくるよ。やっと同窓会に行く時間が取れたよ。確か君は娘の所に行くと言っていたよね」

「ええ同窓会を楽しんで来てください。私は智子(ともこ)がどうしても来て欲しいと言うものだから、結婚してもまだ甘えるんだから困った子だわ」

そう言いながらも嬉しそうだ。そんな笑顔を私に向けてくれたらと僻みたくもなる。

結婚して三十年以上ともなれば、よほどのことでもない限り妻は同行することもなくなった。それが気にならない自分も妻をどうこう言える立場じゃないが。よく言われる言葉に、夫婦は空気のようなものと言うが、そうかも知れない。あって当たり前で気にしないが、空気が無くては生きて行けない不可欠なものだと。


翌日、私は新幹線の車中にいた。昔は夜行列車に揺られて十時間以上もかかったものが、今では三時間弱で故郷へ着いてしまう。窓を開けて駅弁を売りにくる情緒もなく、あっと言う間に故郷の駅に到着した。そこからローカル線で三十分、私は四十年ぶりにいま故郷の駅に一人で降り立った。

目の前に海が広がり、かもめが飛び回っている。小さな駅はまるで小屋のようだ。

それでも当時は駅員もいて、売店もあったが今は無人駅となり、ひっそりとしていた。

駅前もすっかり変わって、昔の面影がまるでない。そんな故郷の景色を眺めていると、同窓会発起人である村上正春(むらかみまさはる)がクラクションを鳴らした。やがて車から降りて手を振っている。私も軽く手をあげた。

「真人(まさと)か？　久しぶりだなぁ正春だよ。分かるか」

四十年ぶりに見る村上正春は、頭が薄くなり残りの髪の毛も半分が白髪になっており、名前を言われないと分からないくらい変わっていた。自分だって似たようなものだ。白髪が増えて額の皺が年輪を表していた。

「え！　正春なのか？　久し振りなんてもんじゃない四十年ぶりか」

正春とは家も近く幼馴染だった。子供の頃はよく遊んだし喧嘩もした。でも翌日はまた同じように遊んだ仲だ。でも今では年賀を交換する程度だが。

正春に東京を出る前に頼んでおいたことがある。私が生まれ育った場所まで車で連れて行って貰うことだった。駅から車で十五分程度だが昔は駅からバスが出ていたが廃止されたそうだ。その生まれ育った場所に着いた。そこは空き地になっており草が生えていた。

面影も何も残っていない。私は黙ってそこに十五分ほど佇んでいた。

父と母と妹の四人そこで暮らしていたのに無性に虚しさを覚える。

せめて昔の家でも残っていれば、あの頃のことを思い出せたものを。その近所を歩く人達も見覚えがない人ばかり、もう私はここでは浦島太郎でしかないのだろうか。虚しさに思わず苦笑いをして、正春の車に乗り込んだ。

「せっかく故郷に帰ってきたのに、実家がないのは寂しいものだな」

「ああ、親父の都合で俺の人生も随分と変わったな。まあこれも人生さ」

そして同窓会が翌日、寂れた駅の前にある同級生が経営する民宿で開かれた。男性は十七～八人、女性は十人足らずか。まだ十年ほど前は四十人程度集まったそうだ。みんな爺さんと婆さんだ。ほとんどが孫もいるだろうか。しかし此処にみんな集まれば、青春が蘇りあの頃に帰った気分になれる。半分以上は同じ高校に通った同級生だ。女性は特におめかししたのか、高い着物や洋服に包まれている。見るからに誰も裕福そうに見えるが、それも精一杯の見栄だろうか。

できるものなら見栄は着るものだけで、飾らずに当時の中学生になりきり話したいものだ。

私がその大広間に入って行くと、皆がジロジロと見ている。誰も気づいていないのか？自分でも彼等の顔を見たが、まったく誰が誰だか面影がない。しかも肝心の初恋の人、留美は来ているのだろうか。ザッと見ただけでは分からない。できれば一人くらい「まさと元気だったか」と声をかけて欲しい。

テーブルに並べられた料理は豪華だ。海辺の町だから魚は新鮮なものばかりだ。四十年ぶりに、その料理を味わえる。それもひとつの楽しみだ。ここでも私は竜宮城から帰ってきた浦島太郎のような気分だ。その辺は発起人の村上正春は心得ていて早速、自己紹介を始めた。

手元には中学時代の名簿が渡され、現住所と電話番号と旧姓が書かれてある。

しかし中には亡くなった者もいて、享年何歳と書かれてある。年月の長さを感じた。

暫く名簿に目を通していたがザっと見ただけで自分の自己紹介の番が廻ってきた。

「みんな！　本当に久し振り。森田真人（もりたまさと）元気に帰って参りましたぁ。覚えているかい。四十年ぶりですが、よろしく！」

お～～と一斉に歓声があがった。どうやら名前だけは覚えていてくれたらしい。

「よ～真人！　お前か誰か分かんなかったよ。元気そうじゃないか」

そんな声が数人からあがった。この年になって、お前と呼ばれるのは何年ぶりだろう。それも不思議と嬉しいものだ。ここには上下社会は存在しない。みんな同じ立場で遠慮なく話せるし敬語も要らない。

私は嬉しかった。実家は無くなっても同級生達には忘れられていなかったようだ。

それから、それぞれ気の合った者同士が輪になり、酒を注ぎ昔話に花を咲かせた。

名簿と名前を見合わせて少しずつ昔の記憶と、顔の面影が噛み合っていく。

（ああ同窓会っていいものだなぁ）

少年時代に戻った気分だ。

そんな中でやはり留美のことが気になった。花岡留美はこの会場にいるのだろうか。結婚して確か女の子が二人いると聞いたことがある。それを察したかのように誰かが言った。

「真人と留美は仲が良かったな。俺達はみんな、お前達は将来結婚すると思っていたんだ。お前が東京に行ってから留美の奴、可哀想なくらい落ち込んでいたんだぜ」

「えっ、本当かよ。彼女とは駅で別れてから四十年間、音信不通なんだが」

「真人、お前も冷たい奴だなぁ。控えめな留美の心が分からなかったのか。彼女は、お前が東京に出てから、時々駅のホームを眺めていたんだ。どれだけお前に心を寄せていたのか、健気な留美はお前の住所も分からなくなり手紙も書けず、お前からの連絡を待っていたんだぞ」

　まさかと思った。確かに初恋の人だった。でも可愛い留美と離れては他の男どもは、ほっておく訳がないと思い勝手に諦めていた。それに父が亡くなり故郷を偲ぶ余裕もなかった。いま留美の本当の心を聞いて新鮮なショックを受けた。

「せめて昔の恋人として、留美の為に線香でもあげてやれよ」

　なんとその言葉が胸にグサッと刺さった。

「え！　どういうことだ!!　まさか留美が死んだと言うのか？」

「ああ、知らなかったのか？　半年前にな。旦那も三年前に亡くなり今は娘が二人、雑貨屋の後を継いでいるよ。これがまた留美にそっくりの美人姉妹でなぁ」

「……そうか……そうだったのか」

　私は二重のショックだった。初恋が実るのは難しいと言うけれど、せめて生きていて欲しかった。もちろん今更どうこう言える立場じゃないが、青春の日々を語り合いたかった。それだけで十分満足出来たものを、それが初恋の人はもうこの世にはいない。急に目頭が熱くなった。せっかくの同窓会を懐かしむよりも留美のことで頭がいっぱいになり、つい酔いつぶれてそのまま、この民宿に泊まった。

私は翌日、同級生から聞いて留美の住んでいた雑貨屋を訪ねることにした。彼女の嫁ぎ先は駅から歩いて十五分程度の海沿いにあった。

この場所は確か留美と何度も来た場所だ。あの大きな岩も変わっていない。海岸がよく見渡せる公園があった。そのベンチに座っていろんなことを語り合った。それが今、走馬灯のように蘇ってくる。留美が死んだ……当時木製だったベンチはプラスチック製に変わっているが、同じ場所にある。私はそこに座った。いつも留美は私の左側に座っていた。そして左を見る。いる筈もない留美に思わず語りかけた。留美……。

留美の返事の代わり、小波だけがザァーと聞こえてくるだけ。

そこに暫く佇んでから気持ちの整理がついたところで、私は夕方に雑貨屋を訪ねると、留美の面影が残った娘が店先に出てきた。細身の体でスラリとした美形だ。当時の留美がそこにいるような感じだ。

田舎の雑貨屋でこぢんまりしているが、生活用品から食品まで揃っている。ちょっとしたスーパーのようになっていた。

「いらっしゃいませ！」

「こんにちは、申し訳ないが客じゃないんだ。貴女はこちらの娘さん？」

「ハイ？　そうですが……」

「私はね、貴女のお母さんと同級生だった森田真人と申します。昨日、同窓会がありまして、その時に留美さんが亡くなったと聞きまして、せめてお線香を上げさせて貰いたく訪ねて来ました」

「え？　もしかして真人おじさんですか母の初恋の人、あっ申し遅れました。私、長女の美鈴（みすず）です」

「えっ……まぁそんな時期もありました。……なんでそんなことまで知っているのですか」

　まさか娘に留美が私のことを伝えたのか。なんかバツの悪さを感じたが、招かれざる客どころか喜んで中に入れてくれた。客はそう来る訳でもなく美鈴は店を閉めて、母と父の仏壇の前に招き入れてくれた。

「御両親が亡くなって寂しいでしょうね」

「寂しくないと言えば嘘になりますが妹もいますし、来年には二人とも結婚するんです。だから気にしないで下さい。妹も間もなく仕事から帰ってきますから」

　俺は仏壇に飾られた写真を見た。五十過ぎた時の写真だろうか、年のわりには若く昔の面影が残っていた。留美も今の私の姿を見たら百年の恋も、いっぺんに冷めるだろうなと思った。そして合わせる顔もないような自分を責めた。私は位牌と写真を暫く眺めてから線香をあげた。写真から読み取る表情は幸せを物語っていた。いい人生を送れた事に、私は他人事ながらホッとした。

そんな時、妹の美幸(みゆき)が帰ってきた。確かに留美に似てこちらも美人だ。

その美幸は軽く頭を下げて微笑んだが、意味が分からず姉の美鈴を振り返る。

美鈴は妹に説明していた。私はなんか恥ずかしい気分がした。やはり美幸も聞かされていたのか、パッと表情が明るくなった。留美は私のことを子供達に、どんな風に伝えていたのだろうか。

和室の箪笥から美鈴が、なにかを持ってきた。

「おじさん、これを見てください。母は父に内緒で私達姉妹にそっと見せてくれたんですよ。大事な青春の宝だと言ってね」

それは私と留美が二人並んで得意気にVサインをしている写真と、私が留美にプレゼントした安物のブローチだった。

それを大事に持っていてくれたのだ。なんと健気な女性だったのだろうか。

「母は真人おじさんのことが忘れられなかったのよ。私達が中学の時に知らされて最初は父への裏切り行為と恨んだりもしたわ。でも母は父に一生懸命に尽くしてくれたわ。想い出だけならいいでしょうと笑った母が、今になって私達姉妹も母の女心が分かるような気がするのよ。真人おじさんが来てくれて、母はきっと喜んでいると思います」

「それは大変有り難いが、あなた達に悪いような申し訳ないよう気分ですよ」

「いいえ、母は言っていました。夫は勿論大好きよ。でも青春の想い出は夫が作ってくれないもの。私があなた達に話したのは、そんな恋をして欲しいからよと」

それに付け加えるように美幸が言った。

「そうなんです。私も母を見習って良い想い出を抱いて結婚できます」

「そうですか。ありがとう御座います。良いお母さんでしたね。私もあなた達のお母さんに、初恋の人と呼ばれたことを誇りに思っています」


翌日の朝、私はその無人駅に立っていた。同窓生達には気を使わないで仕事に行ってくれと伝えてあった。別れるのも辛いからとも付け加えて。

四十年ぶりの故郷を、私は本当に来て良かったと思っている。まだ私には故郷があり、友人がいることを嬉しく思う。同窓会で撮った記念写真を胸ポケットから取り出して昨日のことを思い浮かべ、皆、年をとったが心は青春の気分が味わえた。次も来よう、その時は退職して年金生活を送っているかも知れないが、妻も連れて私の故郷を自慢してあげたい。

その時は感傷的になることもないだろうから、また青春を楽しもう。そこに美鈴と美幸が見送りに来てくれた。

その二人が、私に是非見て貰いたいものがあるそうだ。そして駅のホームにある柱を指差した。そこに一体なにがあるのだろうか。

「言い忘れていました。真人おじさん、これを見て下さい」

二人は私の手を引いて、その古い柱に刻まれた文字を見せた。

『マサト&ルミと、傘のマーク』四十年前二人で書いた文字だった。しかし四十年の月日はわずかに分かる程度だったが東京に行く時に、確かに二人で刻んだ文字が残っていた。俺は思わず、その文字に触れて不覚にも涙が零れ落ち跪いてしまった。そんな無様な姿を、亡き留美の娘達はどう思ったのだろう。一瞬恥ずかしさが頭をかすめたが、もう自分の感情が抑えきれずに、肩を震わせて泣き崩れてしまった。それを見た二人はこう言ってくれた。

「ありがとう。真人おじさん……母の為に涙を流してくれて。きっと天国で母も号泣していると思います。二人は本物の恋だったのですね。感動しました」

「ありがとう、彼女は私の青春そのものでした。亡くなったのは本当に残念です」

やがて二両編成の列車が入ってきた。私は二人と握手を交わして、お母さんのように幸せな人生を送ってくださいと別れの言葉を告げた。列車が静かに動き出した。

沢山の想い出の詰まった故郷とお別れだ。また東京に帰ればいつもと変わらない生活が待っている。初恋の想い出は私と、この娘達の心に閉まっておこう。

青春の全てが詰まった故郷よ。さようなら。そして初恋の人よ。さようなら。

少しずつ駅が、姉妹が遠ざかって行く。四十年前の青春の想いを残して。
「さようなら故郷、そして留美、青春を、初恋をありがとう」

了

刑事、坂本詩織　只今謹慎中になり

「ねぇ義則(よしのり)さん、私に何か隠していることない？」

「なんだよ突然、俺が何を隠していると言うんだ」

「あらどうしてそんなにムキになるの、何も無ければ軽く笑っていられるのに」

「…………」

「そう言えないのならハッキリ言ってあげる。義則さん妻子がいるでしょう。嫌とは言わせないわ。なんなら奥さんに電話をいれて確認しましょうか」

「な！　何を言っている。そんな筈ないだろう」

「まだ言い訳する気、私を一年間も騙し続けたのね。私はただの遊び相手なの？　許せない、信じていたのに」

「五月蝿い！　信じないのなら別れよう」

「そう開き直るの。誤解だよ、信じてくれと嘘でもいいから言ってほしかった」

「それがどうした。俺達そろそろ潮時だな」

「わたし意外とプライドが高いの。こんなに傷ついたのは生まれて初めてよ。もう二度と会わないし顔も見たくない。最後にこれまでのお礼をするわ」

「ふん、たかが女だろう。どうお礼をしてくれると言うのだ。殴られたくなかったら消えろ」

「それって今まで付き合ってきたセリフなの。私を甘く見ないで、騙して私が悪いですと土下座するなら勘弁してやってもいいわ」

「ふざけるな！　二度と人前に出られないように顔の形を変えてやろうか」

「あら、どちらの顔が変わるのかしら」

詩織はそう言い終わって、逆切れした義則にいきなり強烈なパンチを浴びせ立ち上がろうした所へ足蹴りを喰らわせた。更に数回蹴り続ける。みるみる内に顔は腫れあがり失神寸前となった。

「いったい君は何者なんだ。確か公務員と言ったよな」

「公務員だって色々あるの。貴方が私を騙した報いよ。文句あるのなら警察でも何処へでも申し出ればいいわ。それとも私から奥さんに報告しましょうか。もう二度と会わないし顔もみたくない。さようなら」

一年ほどの付き合いだったが義則は大人であり若い男と違い魅力的だった。だから夢中になり過ぎ彼の本性を見抜けなかった。自分が警察官である事を忘れかけていたのか。恋とは怖いものだ。人の心理を読める事には長けているにもかかわらず恋は盲目というのか。そんな自分が情けない。騙された事が悔しくて、ぶちのめしてやった。多分全治一ヶ月くらいかも知れない。その後も会ってもいないし音沙汰なし。女が男をぶちのめしたのだから普通ではない。それもそのはず警察学校でみっちり鍛えられた実績がある詩織だ。並の男では歯がたたない。相手の男は被害届を出さなかった。いや出せなかった。下手に出せば事が公になり妻に言い訳が出来なくなる。一方、詩織は素直に上司を飛び越えて署長に報告した。

「あの～ちょっとお話があるのですが……」

「なんだ？　おまえから話とは穏やかではないな」

「実は私的な事で……」

「なんだ？　モジモジしてお前らしくないぞ」

「それが人を殴って怪我を負わせてしまって」

「なに、被疑者を取り押さえる時の事か、まして抵抗したとあれば正当防衛で許される範囲じゃないか」

「それが交際相手でして」

「なに？　おまえでも人並みに恋愛するのか」

「まぁ一応年頃の女ですから」

それからこれまでの経過を話した。

「妻子ある相手だと。おまえ刑事だろう。家庭持ちと見抜けなかったのか。ところでお前の職業は話してあるのか。でっ、相手は被害届を出したのか」

署長は矢継ぎ早に質問した。

「いいえ、公務員としか言っておりません。もう数日ほど過ぎましたが被害届は出されていないようです」

「まぁそうだろう。被害届を出せば妻にも浮気している事がバレて会社での立場も危うくなるからな」

「申し訳ありません。反省しています。どのような処分が下されようとも甘んじて受けます」

「うむ殊勝であると言いたいところだが交際相手を殴るなんて、お前はいったい何を考えているんだ。警察官である事も忘れおって日頃、目を掛けてやっているのに俺の顔を潰すつもりか……まぁいい少し頭を冷やしてこい。本来は自宅謹慎だがお前みたいな狼は部屋に黙って入れて置いたら何をしでかすか分からん……署長特権として特別に許可してやる。何処か旅でも出て英気を養うか。それともいい機会だ。警部補の昇進試験の勉強でもするか好きにしろ」


正直に話したのが功を奏したのか予想外の温情処分となった。しかし事情はどうあれ一般人に怪我を負わせた事は問題ある。結局、停職処分一ヶ月、減棒三ヶ月を喰らった。警察官になって初めての不祥事である。もし相手が被害届を出していたら最悪懲戒免職処分になりかねなかった。署長にはこっぴどく怒鳴られた。怒鳴られるだけマシだ。署長には特別に可愛がられていた。それで大目に見てくれたのだろう。なぜ大目に見てくれたのか理由がある。

詩織は刑事になって二年、最初の一年目にして指名手配されている殺人犯を見つけ逮捕した。更に二年目でもまたもや指名手配犯を逮捕して一躍注目を置かれる存在となった。

詩織の特技は格闘技もさる事ながら記憶力と感が抜群で指名手配されている顔は殆ど頭に入っている。この二件は偶然も重なった事もあるが街をパトロールしてピンと来たというから凄い。

そんな訳で署長が期待してから目を掛けられるようになった。事あるごと署長に呼ばれ可愛がられるようになった。今回も署長の気遣いに感謝する。この事は署長以外誰も知らない。そこは署長の裁量でうまく纏めてくれるだろう。警察官になって旅行が出来るなんて夢のような謹慎処分となった。予定は五日間またはそれ以上。はっきりした日数は決めていない。つまり当てのない旅である。残った時間は署長の言う通り昇進試験の勉強する時間に充てる予定だ。大卒出の詩織はキャリアではないが年齢的にも出世はしたい。何しろ一ヶ月は勤務に就く事は出来ない。現在詩織は二十七歳。身長百七十一センチ女性としては少し大きい方だろう。池袋北東警察署捜査一課、階級は巡査部長。警察学校を卒業して交番勤務を経て三年前に刑事課に配属された。もはや小娘でもないしシャイでもない、今回の失恋で一皮むけた。いい機会かも知れない。

澄み切った青空、まさに五月晴れとも言える日に旅に出られるワクワク感を楽しむように坂本詩織は真っ白なキャリーバッグを片手に家を出た。

千歳空港の外に出るとまだ肌寒さと言うよりも東京に比べると一ヶ月も前の気温に戻ったような寒さだ。まだ今日泊まる宿は決めていない。この時期、北海道は観光シーズンでもなく比較的空いている。まずレンタカー会社に向かった。手続きは簡単に終わり中型のセダンを借りた。昔ならロードマップを広げるところだがカーナビで道案内は勿論、いろんな情報を取り込める。車に乗ってから一時間少し走り夕張に着いた。夕張と言えば炭鉱、しかし今は炭鉱もなく夕張メロンが有名な土地柄だ。時期的に少し早いが夕張メロンを食べる事が出来た。

北海道に来た気分に少しなれた気がする。学生時代仲間と来た富良野周辺に行ってみようと考えていた。ただラベンダーの咲く七月には早すぎるがあのパッチワークの丘は富良野一体を見渡せる景色がある。途中食事をしながら走り続ける。そんな車の中で自分は一体何をしているのか同僚の刑事達は毎日犯人を追って汗を流して働いているのにと申し訳ないような情けないような気がする。でも署長の温情に応える為にも新たな気分で復帰したいと思えばいい。いつまでも過去を引きずっていては警察官失格だ。

まもなく富良野に入るそう思った時に前方で何かが起きているようだ。

幹線道路ではないので滅多に車とすれ違う事もないが車が二台停まって二人が車の外で何か話し合っているようだ。接触事故でも起こしたのかと思い詩織はレンタカーを二台の車の後ろに停車させた。話し合いというより怒鳴り合いのようだ。

「この野郎、なんで急停車するんだ」

「急停車じゃない。目の前を鹿が通り抜けたので慌てて急ブレーキかけたんだ。あんたこそ車間距離を取っていれば問題なかっただろう。それなのにピッタリ後ろに着くのが悪いだろう。あんたこそ煽り運転じゃないか」

「五月蠅いバカヤロー、お前がノロノロ走っているからだ」

どうやら事故ではなさそうだが、怒鳴っている方は怖そうなお兄さんだ。相手も必死に応戦している。助手席には女性が震えながら状況を見守っているようだ。その女性の連れはやや押され気味だ。停職処分の身だが警察官として知らん顔も出来ない。

「どうなさったのですか？　接触事故でも起こしたのですか」

「なんだおまえ！　関係ない奴はすっこんでろ」

「関係なくても揉めてらっしゃるじゃないですか。ならもう少し穏やかに話したらどうです」

「五月蠅い！　すっこんでろと言っただろう」

「そうはいきませんよ。何があったか知りませんが頭を冷やして穏やかに話してください」

よく見ると腕に入れ墨をしている。身長は百八十五センチ前後ありそうだ。見た感じ堅気ではないと感じた詩織はますますほっておけなくなった。

「てめぇ邪魔すんじゃないぞ。うんレンタカー？　女の一人旅か、いい気なもんだぜ。余計なことに首つっこんで後悔したくなかったら消えな」

「野良犬を追い払うようないい方ね。悪いけど私は犬じゃなく人間よ。せっかく仲裁に入ってやったのに八つ当たりは止めなさい」

二人のやり取りを見ていた男は呆気にとられている。男でも他人の揉め事には知らんふりするのに女の身で、しかも旅行者。よほどの変わり者か度胸がいいのかバカなのか、しかし助かった。ヤクザのような男に絡まれ下手をしたら殴られ金をゆすられていたかも知れない。そんな表情を浮かべている。怖い男は完全にキレたようだ。追い払おうとしても食い下がってくる、たとえ女でも許せなくなったのだろう。

「てめぇ女だと思って大目に見ていたが許さん。裸にしてひん剝いてやるぞ」

「まぁなんて破廉恥な言い方ね。それってセクハラよ。あんたこそ黙って聞いていれば数々の暴言、いまなら許してやるから謝りなさいよ」

「バカかおまえ、調子に乗るんじゃないぞ」

そう言ったかと思ったら男は殴りかかってきた。体は大きいが隙だらけだ。警察官は逮捕術を身につけている。逮捕術とは顎、胴、肩、ひじ、膝への攻撃や投げ技などで、更に防御術の訓練もしている。少し腕力が強いだけでは通用しない。特に詩織は都の大会でも表彰されるほどの腕前だ。詩織は殴りかかってきた腕を交わし手首を摑み捻った。その動きは目にも止まらぬ早業だ。蛇が絡みつくように関節技を決め動けなくした。関節を決められては大の男でもどうにもならない。コンクリートに頭をこすりつけられた。本来なら公務執行妨害で手錠をかけるところだが、現在は謹慎中の身、問題を大きくはしたくなかった。

「女だと思って油断したようね。あなた隙だらけよ。だからこうなるの、分かった」

ねじ伏せられた男は声も出ない。いや信じられないと思っているだろう。この俺が女ごときにやられるとは思いもしないことだろう。さてこの後どうしたものか殴られた訳でもないし口論した相手は怪我もしていない。出来ればこの辺で幕引きをして旅を続けたい詩織だが、ねじ伏せられた男は俺が悪かったという筈もない。かと言ってもう一度仕掛けても勝てるかどうか分からない。この女、空手か柔道の有段者なのだろうか。なにしろ怖さを知らない。相当自信があるからだろうか。男のメンツもあるだろうし力で捻じ伏せては丸く収まらない、どう収めて良い物か。

本来なら警察手帳を見せれば良いのだが非番の時には携帯は許されない。その代わり個人的に名刺は作っても良い。勿論悪用したら罰せられるが特に刑事は聞き込みの際に名刺を使う事がある。「もし思い出したらこちらに連絡下さい」そんな風に使う。詩織は仕方なく奥の手を使う事にした。

「ねぇお兄さん、この辺で仲直りしない。旅の恥はなんとかって言うでしょう」

「……てめぇ、怖くなってきたのか。俺はてめぇを絶対に許さないからな」

「そう、それならどうしたいの」

「とにかくその手を放せ」

「放したら殴りかかってくるでしょう。その前に放して下さいじゃないの。あなたは頼む側なんだから立場はハッキリさせないとね」

なんともまた理屈が立つ女であった。男としては頼むから放して下さいではかっこ悪くて言える訳がない。言えば負けを認めるようなものだ。男は何も言えずアスファルトに頭を付けたままだ。

「素直じゃないのね。そんなにヤクザってメンツが大事なの」

「……なんで俺がヤクザなんだ」

「ヤクザじゃないの？　じゃ何なの普通のサラリーマンじゃなさそうだけど」

「ふん、これでも俺は経営者だ。舐めんなよ」

「あらぁ凄いわ。しかし経営者なら常識を弁えているでしょ。それに取引先だってあるでしょう。あなたは取引先でもそんな態度で商売出来るの。仕方ない、この名刺をあげるから文句があったら何時でも会社（署）に訪ねてらっしゃい」

詩織は横に寝かされている顔の前に名刺を見せた。警視庁池袋北東警察署、捜査一課そんな事が書かれている。男は驚いて急に態度を変えた。名刺の威力は絶大であった。

「なっ！　あんたは東京の刑事さんなのか……どうりで度胸はあるし強い訳だ」

「それでどうするの？　事を公にするなら出る所に出てもいいわよ」

「分かった俺が悪かった。だからその手を放してくれ」

詩織は警戒しながらも解放してやった。だがいつ反撃してくるか分からない一定の距離を保って身構えている。脅かされた男も少しホッとしているように見える。

「刑事さん、もう分かったよ。先に殴りかかったのは悪かった。仲直りって訳じゃないが俺はこういうものだ」

男は腕をさすりながら名刺を取り出した。その名刺には富良野土木工業株式会社、代表取締役　吉岡剛太郎と書かれてある。年の頃は五十歳少しといったところか。

「あら本当に社長さんなのね」

「職業柄、気の荒い連中を使っているから、いつの間にか気が荒くなってよ。それにガキの頃はチョイワルで、そいつらを束ねているうちに土建業を始めたってわけよ」

二人のやり取りを聞いていた喧嘩相手の男はどうしたものかとオロオロしている。それに気づいた詩織が男に声を掛けた。

「あっ、そうそうそちらの方、問題が解決したから気を付けて帰ってください」

「あっすみません。有難うございました。それではお言葉に甘えて失礼します」

そう言って運転席に乗り込むと隣にいた女性も頭をさげていた。詩織は軽く手を振った。男はホッとした事だろう。旅人の度胸ある女に救われた。いや女刑事だったとは驚きだ。まさに正義おまわりさんだった。

さてこれで一件落着、見事な大岡裁き、そうなる筈だった。ところが……。

「あの～刑事さん。仲直りの印と言っちゃなんだが、俺んち此処から近いんだ。急ぐ旅じゃなかったら寄っていってくれよ。あんたの度胸と気風に惚れたよ。おっと勘違いしないでくれ。気風に惚れたと言うことで俺には妻子いるし」

「え～～なにそれ？　妻子持ち、そんなの分かっているわよ。私も妻子持ちはコリゴリよ。……あ！　こっちの話。しかし気持ちは嬉しいけど」

「頼むよ、女房は東京の出身だから気が合うと思うよ。引き留める代わり北海道の美味い物ご馳走させてくれ」

詩織はなんでこうなるのと困惑したが確かに当てのある旅でもないし、だからってこんな形になるとは予想外であり結局は強引に押し切られ吉岡という男の車の後ろに付いていった。

二十分くらい走ったところで富良野市街に入り、富良野駅手前で右に曲がり空知川を渡って五四四号線を進むと北麓郷という看板が見え間もなく車は停車した。

「さぁ着いたよ、凄い田舎だろう。麓郷って聞いた事はないかい」

「ロクゴウ……よく知らないけど観光地なの」

「そうか年代が違うから無理もないか、もうだいぶ前になるが（北の国から）っていうテレビドラマがあったんだ。その主人公家族が東京からリターンして住み着いたのが麓郷でこの少し先の五郎の家というのが有名なんだ」

「あぁ思い出したわ。ＤＶＤを借りて見たことがあるわ。なるほど此処がそうなのね」

吉岡の家の敷地は広く周りには沢山の重機やトラックが置かれていた。外にはかなり大きめのプレハブがあり、資材置き場と事務所のようだ。看板には富良野土木工業株式会社と書かれてある。その奥に結構大きな家があり、そちらが住まいなのだろうか。その敷地の中に車を停めると奥さんだろうか他に二人の女性が駆け寄ってきた。その途中なんども頭を下げている。旦那に頭を何度も下げる訳はないし、どうやらその相手は詩織のようだ。

「いらっしゃいませ。すみません主人が強引にお誘いしたそうで、ご迷惑じゃなかったですか」

「いいえ、こちらこそ厚かましく付いてきました。あっ私、坂本詩織と申します」

「どうもご丁寧に、私は家内の早苗、そして娘の咲子と富貴子です」

どうやら吉岡はこちらに向かう途中で電話を入れてあったのだろう。まさか経緯まで話しているのか心配だ。なにしろ、この大男を捻じ伏せアスファルトに顔をこすり付けたのだからバツが悪い。思わぬ形で知り合い招かれたが、歓迎される内容ではないだけに気が引ける。

だがこの吉岡という男、気風がいい。誘われるままに夕飯までご馳走になった。二人が知り合った切っ掛けは、流石に吉岡は言わなかった。おまけに泊まっていけと言われたがそれは断った。だが執拗に誘われ、それなら明日バーベキュー大会をやるから付き合ってくれと言われた。今夜泊まる宿まで紹介してくれた。もはや逃げる訳にもいかない。北海道は知人もいないし旅の情けに甘える事にした。

　詩織が予定した旅は少し変な方向に向かっているが予定のない旅では想定外の事も多々あるだろう。翌朝、吉岡から電話が入った。バーベキュー大会は夕方だから富良野周辺を案内してくれると言う。しかし吉岡と言う男、ガラは悪いが人なつこい。人は見かけに因らないというが彼はその典型的な人物であった。ホテルを九時三十分過ぎに出ると吉岡がホテルまで迎えに来てくれた。バーベキュー大会をやるからにはビールも飲む事になる。警察官が酒気帯び運転では洒落にもならない、吉岡の気遣いだろう。車は十時頃到着すると既に家族総出で待っていた。

「さあって、では最初に五郎の家に行ってみようか」

「嗚呼あの石の家と言われている所ですね。昨日ネットで調べました。有名な観光地ね。それからホテルのサービスだと言ってＤＶＤとビデオデッキを貸してくれて、北の国からを最終話だけを全部観てしまいました」

「そうかい、そうかい。あれは何度見ても感動するよ」

　三十分もしないうちに五郎の家の前に着いた。柵があるので遠くからしか見られないがビデオでみた画像と違い、かなり傷んでいた。無理もないもう数十年が過ぎているのだから。

　それから途中で食事し富良野と美瑛などパッチワークの丘など回って帰ってきた。最初の目的地である美瑛が見られて満足だ。時刻は午後四時を過ぎた頃、既に若い衆十五人くらいがバーベキュー大会の準備をしている。吉岡が言う通りあまりガラは宜しくない連中だ。それを束ねる社長だからお人よしでは荒くれ者を引っ張っていけないのも分かる。年齢は下は二十代から上は五十代とマチマチだ。詩織達が車から降りると連中が寄ってきた。詩織を見るなり口笛が鳴る。歓迎しているのか、からかっているのか微妙な感じがする。普通の若い娘ならビビリそうだが凶悪犯やヤクザを相手に仕事している詩織はどうって事はない。その後は拍手が起きたから歓迎されているようだ。

やがて準備が整った。沢山の料理やビールなど飲み物が並べられている。バーベキューなんて大学時代以来で嬉しくなってきた。ただここは知らぬ人ばかり、しかも家族以外は全て男性。その中でひときわ際立っている女性がいた。勿論詩織だ。吉岡が乾杯の音頭をとるようだ。

「まず乾杯をする前に紹介しておこう。昨日知り合ったばかりだが何故か意気投合して今日ここに来てもらった。えっとサカモト……」

吉岡が下の名前を思い出せないでいると詩織が手を挙げる。

「はいどうも私、東京から来ました。坂本詩織と申します。社長さんとは何故か意気投合致しまして、道産子気質と言うのでしょうか。私も社長さんには惚れ込みました」

「よ～よ～社長。奥さんも子供もいるのにいいのかい」

皆はドッと笑った。社長に惚れ込んだと言われ上機嫌になった吉岡は余計なことを言った。詩織は刑事である事を口止めしておくべきだった。

「坂本さんはなんと東京の刑事さんなんだぞ。だがお前達を逮捕しに来たわけじゃないから安心しろ。ただの旅行だそうだ。こんな美人で刑事なんてテレビドラマのようだろう」

するとみんなは一瞬驚いたが、また拍手が起き大声で笑った。だが一人だけ表情が曇った者がいる。詩織は見逃さなかった。刑事と言われ反応したのだろう。詩織の記憶力は伊達ではない、ピンと来るものがあった。そのあと大いに盛り上がりやがてバーベキュー大会は終わった。詩織はそっとスマホを開いた。一つのアプリを開く。（指名手配一覧）二分ほどして似たような顔の人物にヒットした。

『五年前、池袋管内で強盗致傷事件、三人に重軽傷を負わせ現金三千万を奪って逃走中。荒岩重信　三十七歳』

五年経過しているから多少体形と顔つきは変わっている、しかも髭まである。カモフラージュだろうが間違いない。詩織は確信した。

「社長さん今日は色々案内して貰って沢山ご馳走になりました。本当に有難うございました」

「なんのなんの俺も楽しかったよ。無理やり引き留めて、こちらこそ申し訳ない」

「いいえ本当にお世話になりました。……ところであの髭を蓄えた方はこちらにいつ頃から働いていないるんですか」

「ああ吉田の事かい。そうだな、かれこれ今年で四年目になるか真面目で仕事は休まないし。うんあの吉田がどうかしたのかな」

「ちょっとお世話になって言いにくいのですが、ある人物に似ていまして」

「刑事さん、よしてくださいよ。うちの連中多少気は荒いがいい奴ばかりですよ」

「気持ちは分かりますが、しかしこれを見てください」

詩織はアプリを開き指名手配犯の中から荒岩の写真を見せた。

吉岡は絶句した。髭を付けて多少顔は変わっているが確かに吉田（荒岩）であった。年齢は現在四十二歳、履歴書に書かれた年齢とは多少違うが間違いない。吉岡の顔が青ざめていく。

「私は旅行中の身、だからと言って警察官として見過ごす訳にはいきません。社長さんの所で事を改めたくもありません。出来れば彼に出頭するように説得してくれませんか、それが出来なければ近くの警察署に連絡しなければなりません」

「うーんどうしたものか……」

「気持ちは分かります。可愛い従業員を裏切るような気持ちも分かります。しかし彼がこれからも逃亡生活を続け、また罪を犯したら懲役十五年以上になるでしょう。もし出頭し上手くいけば十年以下で済むかも知れません。幸いいま自首すれば指名手配犯としては軽い方です。まだやり直せる年齢で彼の為にそれが一番です」

吉岡は観念し帰りがけた吉田に声を掛けた。プレハブの事務所に連れて行く。詩織は事務所の外で張り付くように二人の会話を聞く。

「吉田、唐突に聞くが五年前何があった」

するとと吉田（荒岩）は立ち上がろうとした。気配を感じた詩織は事務所に踏み込もうとするが、

「待てよ吉田、いや本名荒岩だろう。もう身元がバレているんだ。もう逃げるのは止めにしようや。あの刑事さんはいい人だ。お前に自首を勧めてくれた。俺だってお前が可愛い、出来ればいつまでも働いてもらいたい。しかし事が発覚した以上それも出来ない。いい弁護士をつけてやる。頼むから逃亡生活は止めて自首してくれ」

「そうですか、バレてしまったんですね。いつかはこういう日が来ると思っていました」

荒岩は下を向いたまま考え込んでいる。ここで強引に飛び出し逃げる事も考えた。しかしこれまでの逃亡生活がいかに苦しかったか、そしてこの土木事務所に拾われた。これまでの逃亡生活が嘘のように心が満たされ、社長や同僚もなんの疑いもなく受け入れてくれた。

「お前はよく働いてくれた四年か……そりゃあ俺だって情が湧く。いい奴だという事も分かっている」

「俺も同じです。社長は優しいしつい甘えて長居してしまいました。俺が逃亡すれば社長

にも皆にも迷惑がかかるし」

荒岩は楽しかった日々、自分が罪を犯した事も忘れかけていたが、やはり何時かはこうなる。もはや逃げてどうなるものでもなく逃げおおせる訳もない。

「……とうとうその時が来たんですね。あの刑事は最初から俺を追ってきたんですかね」

「いや偶然だ、俺も昨日揉め事があってあの刑事さんと出会ったんだ。間違いなく旅行の途中だった。まぁこれが運命の巡り合わせというのかな。心配するな、優秀な弁護士を付けてやる。あの刑事さんの話だと長くて十年、早ければ七年勤めれば出られるそうだ。もし逃亡すれば最低十五年以上。そうなればお前の人生終わってしまうぞ。なぁに出てきたらまた俺の所に来い。待っていてやる」

「社長……オレ嬉しいです。こんな社長に雇われて逃亡したら社長や奥さん、それにみんなに迷惑かける、自首させてくれるならそれに従います」

「よく言ってくれた。お前は罪を犯したが根はいい奴だ。俺が法廷に立ったらお前の人柄を称えてやるよ」

なんか下手な刑事より説得力があった。外で聞いていた詩織は胸を撫でおろした。逃亡しかけて自分が犯人を取り押さえたら、吉岡にしても詩織としても気分の良いものではなかった筈だ。吉岡に感謝したいくらいだ。事務所の中から詩織に声が掛かった。中に入って行くと荒岩は詩織に頭を下げて手を差し出した。手錠を掛けろという意味だろう。自主する者に手錠は掛けないし、手錠なども持っていない。詩織は荒岩にコクリと分かったという風に頷く。そして吉岡に深く頭を下げた。荒岩と詩織を車に乗せて富良野の警察署に向かった。勿論、従業員が帰ってからだ。

時刻は夜の七時、詩織は警察署の受付で、小声で告げる。驚いた受付係は内線電話を入れた。慌てて飛んで来たのは署長と数人の署員。詩織はスマホをかざし指名手配犯の荒岩の写真を見せた。すぐさま奥に通された。

「お騒がせしてすみません。彼が自首したいというので連れてきました。それと隣にいる方は荒岩の雇い主で社長さんの吉岡さん。その吉岡さんが熱心に自首を勧めてくれて出頭した次第です。よほど社員の面倒見がよく信頼関係があったからこそ荒岩は社長さんに迷惑を掛けられないと自首するに気になったようです」

「……はぁそれはどうもご苦労さまです。ところで貴女とはどんな関係で？」

「私は旅の途中で、偶然吉岡さんと合い意気投合しましてね。と言っても不審人物にしか見えませんよね。私こう言う者です」

偶然とは言ったが吉岡を叩きつけコンクリートに顔を擦り付けた事は省いた。

詩織は関係者では通らないと悟り名乗る事にした。名刺を見た署長は名刺と詩織を見比べて語った。

「なんと東京の刑事さんがどうして犯人を追ってわざわざ富良野まで来たのですか」

「とんでもありません。私は休暇を取って旅行に来ただけで偶然このような結果になった次第です」

「偶然ねぇ……ずいぶんと偶然が多いようですなぁ」

まだ疑っているようだ。確かに疑われても仕方ないが納得してもらうには恥を言わなければならない。

その後、荒岩は取調室へ。社長で雇い主の吉岡は明日改めて事情聴取するという事で帰るらしい。既に手配してあったのか吉岡の奥さんが迎えに来ていた。詩織は署に少し失礼して外に出て、真っ先に吉岡の妻に駆け寄り深く頭を下げた。あれだけ歓迎してもらったのに理由はともあれ裏切り行為である。すべて承知している吉岡は家内には後で詳しく説明するから署に戻ってと言われた。それでも辛い思いをさせた吉岡と妻に何度も深く頭を下げた詩織は署に戻る。

まったく所轄の違う刑事が指名手配犯を連れて来た。縄張り争いの厳しい警察はよそ者が所轄内で我がもの顔で捜査されては面白くない。詩織は偶然と言ってもなかなか信用してくれなかった。仕方なく署長に恥を忍んで本当の事を打ち明けた。本当は言いたくなかったが仕方がない。交際相手を殴り怪我を負わせ謹慎処分を喰らった事。署長の温情で旅をする事が出来た事。硬い表情の署長も笑いだした。すると署長の耳に囁いた者がいる。署長は詩織を改めて見つめ驚く。この警察署はすぐさま詩織の身元を再確認させたのだろう。間違いなく池袋の刑事であり経歴を調べたのだ。

「坂本さんあんたは過去に二度も指名手配犯を逮捕したんだって、今回で三度目という事か驚いたね」

「いいえ全て偶然です」

「そんな偶然が三度も続くものか。それともあんたは犯人を引き付ける力を持っているのか」

「そりゃあ三度目になりますが、今回は本当に偶然なんですよ。決してこちらのシマを荒らしに来たわけじゃありません。恥を忍んで謹慎処分の事を言ったじゃないですか。信じて下さいよ」

「分かった、分かりましたよ。レンタカーも借りているようだし旅行の途中なのですよね」

「あの～今回の事はうちの署にも報告するんですか」

「当然でしょう。指名手配犯を捕まえたから報告するのは当然だ。それとも困る事でも」

「ハイ困ります。謹慎中の身で署内に知れ渡ったら大変な事に、それにうちの署長の温情が公になれば署長も厳重注意処分になりかねません」

「なんで手柄を立てて怯えているのか。ハッハハ分かった池袋の署長にだけ報告しておくよ。それならいいだろう。しかし手柄はこちらで頂くが」

「もちろんです。ですから穏便にお願いします」

「分かった分かった。面白い刑事もいるものだ。坂本詩織さんね名前は忘れず覚えておくよ。せっかくの休暇だ。いい旅を続けてくれ」

詩織は胸を撫でおろして署を後にした。もう十時を過ぎてしまった。緊張が解れたら小腹が空いてきた。すると後ろから声が掛かる。

「坂本さんちょっと待ってください」

署長と一緒にいた署員のようだ。なにか紙袋を下げている。

「あのなんでしょう？　まだ問題でも」

「いやそうじゃありません。かなりの時間を引き留めさせ、お腹が空いているんじゃないかと署長からです。仕出し弁当屋に注文していたそうです。どうぞ良かったら召しあがって下さい」

「え〜〜署長さんがですか。本当に宜しいのですか」

「いいえいいえ署長はご機嫌で機会があったら遊びに来てくれと。もっとも警察署に遊びに来る人なんていませんが」

「お気持ちに感謝します。署長さんに宜しくお伝えください」

詩織の心を見抜いたように弁当が届けられるとは東京の警察署では考えられない事だ。

詩織はさっそくタクシーでホテルに戻り弁当を広げた。なんと豪華な事かカニにウニまで入っていた。食べ終えて詩織は吉岡の所に電話を入れた。

「もしもし社長さん、夜分遅くすみません。今日は本当に辛い思いをさせました。申し訳なくて、お詫びとお礼を言いたくて」

「なぁにそれが刑事さんの仕事であり役目。俺もあの頃は人も足りなくてよく身元を確かめず雇ったからだ。これからは気をつけないと。それとうちの奴（妻）も分かってくれたよ。偶然とはいえ警察官の役目を果たしただけでしょうからと」

「私こそ、奥さまにも社長さんにも辛い思いをさせて。今度お会いする時は……とは言っても何年先になるか分かりませんが、その日を楽しみにしております。ではお元気で」

「ああ、何年でも待っている。もし結婚が決まったら俺を招待してくれるかい」

「ありがとうございます。こんな私でも結婚出来るか分かりませんが」

「なぁに刑事さんなら引く手あまたさ。それでは楽しい旅を」


翌朝スマホの呼び出し音が鳴った。池袋北東警察署、署長からである。いきなり怒鳴り声が聞こえてきた。だが詩織には父親に怒鳴られているようにしか聞こえない。その怒鳴り声がなんとも心地いいのだ。

「おい坂本！　おまえ謹慎中にもかかわらず北海道くんだりまで行き、他所の曙のシマを荒らしたんだってな」

「いいえあの……それはですね」

「ふっふふ良くやった。富良野の署長が褒めていたぞ。出来ればこちらの署に譲ってくれとな。俺は喜んでどうぞどうぞと言ってやったよ」

「そっそんな北海道は観光には良いですが勤務するにはちょっと……」

「そうか俺の所（池袋）に置いて欲しいのか、それなら帰りにカニを買ってこい。いいな」

「しょ！　署長それは少し高いし白い恋人では駄目でしょうか」

署長は高笑いをしながら電話を一方的に切った。

それら四日間、詩織は旅を続けた。その間はもう事件と遭遇しないよう祈った。詩織は呟く。

「私って根っからの警察官なのかしら、謹慎中の旅行でも犯人から勝手に寄ってくる」

了

春雷　千春の人生

秋沢千春（あきさわちはる）は鎌倉で生まれ育った一人っ子だ。両親は先祖代々から受け継いできた老舗の秋沢酒造を営んでいる。ただ跡を継ぐ長男がいない。しかも千春は女性、本当は子供を三人くらい欲しかったようだが母は体が弱く一人で諦めた。親とすれば跡を継ぐ息子が欲しかっただろうがこればかりは仕方がない。父の一徹はいずれ千春の婿を迎えて秋沢酒造を存続させるつもりだ。母の春子（はるこ）も一人しか産めなくて申し訳ないと、常々夫の一徹（いってつ）に詫びていた。一人っ子なら跡を継ぐ事はもちろん千春もそうなるだろうと覚悟はしている。だがそれは突然やって来た。親は鎌倉でも老舗の和菓子屋、赤城（あかぎ）本舗の次男との縁談を進めていたが、千春はそんな話が進んでいるとは知らない。まだ十九歳、結婚はずっと先の話と思いこんでいた。

時は昭和三十九年（一九六四）東京オリンピックが秋に開催されるとあって日本国中は沸き上がっていた。戦後飛躍的に発展してきた日本は昭和三十三年に東京タワーが完成し高速道路も飛躍的に広がり新幹線も出来た。発展してきた日本を世界にアピール出来るオリンピックは最高の舞台である。

千春は大学二年生で法学部に所属していた。父の一徹は法律を習っても酒造りになんの役にも立たないと言うけど、千春は頑として言う。

「商売しているから法律は大事よ、いろんな揉め事が起きた時にきっと役に立つわよ。家の跡は継ぐけど弁護士になっても支障はないでしょう。そしてお父さんを助けるから」

確かに一理ある。一徹は何をしても良いが跡を継いでくれる婿と結婚してくれればよいと願っていた。

そんな千春は大学に通っていた頃、好きな人が出来た。家の跡を継ぐ宿命にあったが人を好きになる事は止めようがない。その男の名は朝倉幸太郎（あさくらこうたろう）二十歳だった。交際して間もなく一年半になる。千春はいつかそんな宿命にあるのだが幸太郎に言いそびれていた。出来るなら彼が婿に入ってくれる事を願う。幸太郎は平凡な家庭に生まれ育って真面目で純粋な男だ。そんな時に千春は両親から逢わせたい人がいるから一週間後に時間を空けておくように言われた。

「お父さん、それってまさかお見合いじゃないでしょうね」

「そうだ。お前の縁談相手だ。お前もそろそろ結婚してもいい年頃だろう」

「まだ十九よ。まだ早すぎるわ。もっともっと社会勉強をしたいの」

「何を言っている。十九歳と言えば立派な大人だ。それに相手は老舗の和菓子屋、赤城本舗といったらこの辺では有名だろう。そこの次男だ。その人を婿に迎えて秋沢酒造を受け継ぐんだ」

「いやよ。私に一言も相談なしに話を進めていたの。別に跡を継ぐのが嫌だと言っているんじゃないの。結婚させるならまず私に相談するべきじゃないの」

「何を馬鹿な事を言って、娘の結婚相手を決めるのは親だと昔から決まっている。我儘は許さん」

「そんなの横暴よ。もう封建主義の時代は終わり民主主義の時代なのよ」

この頃はまだ親の意見は絶対だった。特に鎌倉では根強く老舗の酒蔵はそんな風潮が強かった。結婚も恋愛よりも見合い結婚が圧倒的に多い時代だ。特に古くから受け継いできた酒造屋は封建主義が根付いていて、そうやって代々守ってきた。だが逆らう娘に思わず怒った父の一徹は千春を殴ってしまった。父としてもショックだっただろう。今まで親に対して反抗的な態度を取った事がない娘の抵抗につい殴ってしまった。一人娘として多少は甘やかされて育ったかも知れないが千春も殴られたのは初めてだった。千春は泣きながら家を飛び出して恋人の朝倉幸太郎の所へ逃げ込んだ。

「どうしたんだい千春。眼が真っ赤だよ。何かあったの」

「聞いて幸太郎さん。父がね、いきなり縁談の話を持ち掛けてきたの」

「えっ？　縁談。そんな……」

幸太郎は驚いて次の言葉が出てこない。人は良いが、気が弱い幸太郎は、そんなの断ってとは言えなかった。

「ねぇ幸太郎さんどう思う。縁談の相手と会ってもいいの」

「そりゃあ嫌だよ。しかし親の決めた事を断れるかい」

「もう私が聞いているのは幸太郎さんが私と結婚するつもりがあるの。私を連れて逃げる覚悟はあるの」

「そ、それは急に言われても。とにかくお父さんに謝って仲直りしたら」

「それってどういう意味なの。謝るという事は縁談をしてもいいと認める事になるのよ」

「しかしなぁ親子喧嘩は良くないよ」

「私が聞いているのは幸太郎さん。私が本当に好きか嫌いか聞いているの」

「そりゃあ好きだ。だけど千春ちゃんの親と喧嘩してまで付き合えないよ」

「つまり私の父に結婚したいと言えないの？　男なら私が好きならそれくらいの覚悟はあるでしょう。男なら私を連れて逃げるべきでしょう。幸太郎さんは意気地がないだけよ。情けないそんな人だと思わなかった。私だって切羽詰まって相談しているのよ」

「そんな急に言われても俺は困るよ」

「そう……私と付き合えないと言う事ね。それが出来ないならもういい私達別れましょう」

幸太郎は完全に逃げ腰だ。煮え切らない幸太郎に我慢出来なくなった。このままなら見合いさせられ結婚しなくてはならない。だが一緒に父に談判してほしかったのに。


千春はイエスかノーかと迫ったが幸太郎は用事があるとその場を去って行った。こんな大事な話なのに、それ以上に大事な用事がある訳がない。つまり逃げたのだ。

幸太郎はお人よしだが意気地なしだった。千春も愛想が尽きた。こんな人と連れ添ってもイザという時、また逃げ出すに決まっている。それでも一年半も交際した相手、気持ちの整理が付かないまま桜の花びらが舞い降りてくる公園の脇を走った。そんな時上空がピカッと光りドドッンと雷が鳴った。春雷……まるで父が怒っているようだ。雨が急激に

降ってくる。千春は泣きながら雨の中を走った。千春は真っ直ぐ家に帰れず親友の吉本咲子の家に向かった

「千春こんな時間にどうした。びしょ濡れになって。あれ……泣いているの」

「あのね咲子、聞いてくれる。ほら幸太郎さんって人知っているでしょう」

「うん、もう付き合って一年半ちょっとよね。将来結婚するんでしょう」

「私もそのつもりだった。だけど父が縁談の話を持ってきたの。私は後継ぎだから仕方ないけど、いきなりだものね。それで幸太郎さんに私を連れて逃げてと問い詰めたの」

「うんうんそれで、まさかその人が逃げたの」

「そうなるかな、人は良いけど意気地がないのよ。情けない、でも良かった早く分かって」

「そう言えば気が弱そうな感じだったね」

「仕方ないわ。縁談の話、これで踏ん切りがついたわ」

そんな時だった。千春は急に気持ちが悪くなり吐きそうになった。

「千春どうしたの。何か食あたりするような物を食べたの？」

「……」

「ま、まさか千春、妊娠したんじゃないでしょうね」

「分からない。けれどどうしよう。こんなじゃ親にも顔を合わせられない」

「もう何やっているのよ。じゃ幸太郎さんに責任取って貰わないと」

「無理よ。さっき別れたばかりだし、それにあんな男なんかもう二度と会いたくない」

「意地張っている場合じゃないでしょう。これからどうするの」

「お願い、こうなったら咲子だけが頼りよ」

その二日後、隣町の産婦人科で調べて貰ったら三ヶ月目に入っていると分かった。腹が目立つようになるのは時間の問題だ。五日後に縁談の相手と会う事が決まっていたが、千春はもう家にいられない。また親にも妊娠しているなんて言えない。もし告白したらすぐ堕ろせと言われる。幸い親は親戚の家に用事で出掛けている。千春は自分の通帳と私物を出来るだけ持ち出し、親友の咲子に頼み車を手配して貰い、横須賀にある久里浜のフェリーターミナルまで来た。其処から東京湾を渡り千葉の富津に着いた。此処からさほど遠くない富山町に温泉宿があり咲子の伯母さん夫婦が旅館を経営しているらしい。咲子も一緒に来てくれて咲子の伯母さん夫婦を紹介してくれた。

「話は咲子から聞いたわ。酒蔵(さかぐら)のお嬢さんだってね。いいの？　お父さんお母さん心配しているわよ」

「はい分かっています。しかしもうどうにもならないんです。ですからこちらで働かせてください」

「まぁその辺の事情は咲子から聞いているわ。その身体で大変だろうけど働けるだけ働いて。でも大した給金出せないわよ。それでいいなら」

「勿論です。置いて頂けるだけで感謝します。宜しくお願いします」

　咲子が紹介してくれた伯母夫婦で営む宿の名は小端屋旅館、客室は九部屋ある。従業員は五十過ぎの板長と三十代の料理人の二人。他は仲居さん二人と経営者の女将の夫の二人合わせて六人。一台のマイクロバスがあり、それは送迎車で女将の主人が運転手を務めている。主な客層は、温泉を楽しむ客より釣り人が多いらしい。夏場は海水浴客が多い。

　千春に与えられた部屋は旅館の離れにある倉庫を改造したものだ。此処には布団、座布団やお膳といった備品を納めてある。その一部を改装して五畳ほどの部屋が千春の部屋だ。

　咲子は頑張ってねといって帰っていった。千春は深く頭を下げてお礼を言った。親友とはいえ本当に世話になった。帰り際、咲子にきつく言われた。勝手に家出したのだから、ほとぼりが冷めたら実家に連絡するようにと。分かってはいるが、まさか子供が出来たなんて言えない。一応、置き手紙はしてきたけど怒っているだろう。千春がしでかした出来事はあまりに大きい。


　二日後、千春の両親は用事が終わって帰ってきた。

「ただいまぁ千春、帰ったわよ」

けれど返事がない。変だなと思い母の春子は千春の部屋に行ってみた。其処にもいなかった。あれっ、と思い簞笥が少し開いているのを見た。洋服や私物の一部が見当たらない。そこに父の一徹が声をかけた。

「どうしたんだ。千春がどうかしたのか?」

「何処かに出けたのかなぁ旅行鞄もないし私物の一部がないの」

「なんだって！　まさか俺が殴ったのが原因か」

「そうよ、貴方が殴るからよ。千春の表情見たでしょう。あれはそうとう怒っていたわ」

「当然だろう、親の言う事に反対するなんて親不孝者だ」

「千春も言っていたけど今は民主主義時代だと、なんでも力で捻じ伏せる時代じゃないのよ」

「とにかく探せ、すぐ帰ってくると思うが」


だが母の春子は感じていた。あれは覚悟の家出だと。家出したら大学はどうなるのかと心配した。春子は心当たりがある所へ電話したが知らないと言う。仕方なく従業員に千春を見かけなかったかと聞いて見た。

「ああ、お嬢さんですか。なんか大きなバッグを持っていたから何処か行くんですかと聞いたんです」

「それで何処に行くと言っていました」

「なんか友達と旅行してくるとか」

「何処に行くと言っていました」

「場所は言っていませんでしたが、その辺よとだけ」

春子は大学生だし友人と旅行してもおかしくはないと思ったが心配でならない。

母の春子は心配で千春の部屋をよく調べたら手紙を発見した。両親は置き手紙を読んで茫然としている。

『お父さん、お母さん、ごめんなさい。私はどうしてもお見合い結婚はしたくありません。暫く旅に出ます。我が侭をお許しください』

そのような事が書かれてあった。すると春子が一徹に文句を言う。

「貴方が強引に事を進めるからよ。あの子だって子供じゃないのよ。有無を言わさず殴ったのは不味いわよ」

「……まさか家出するとは思ってても見なかった。そうだ学校に連絡してみよう」

大学に電話を入れたが既に退学届が出されていた。もはや何処に行ったか見当もつかない。母の春子はその場に泣き崩れた。だが父の一徹は心配を通り越して怒った。

「まったく親不孝者め。あのくらいで何が不満なのだ」

千春は翌日から旅館で働いた。これまでアルバイトはした事あるが本格的に働くのは初めてだ。これから同僚であり先輩の仲居二人は、最初は親切に教えてくれたが、要領が悪い千春に次第に厳しく当たるようなった。しかし何を言われようと我慢して働かないと行く所がない。

勤めて二ヶ月後、千春は旅館の近くにある産婦人科を訪れた時には、妊娠五ヶ月目に入ったところだった。

「奥さん、おめでとうございます。双子ですよ」

「えっ？　双子。確かに目出度いけど二人も育てる自信ないわ。どうしよう」

「大丈夫ですよ。夫婦で力を合わせれば」

「それが……結婚していないんです。だから一人では厳しくて」

「ほうそんな事情が、それならご両親に協力を仰ぐとか」

「それも勘当同然に出てきたので頼めません」

「なんとまた。それなら役場に行って相談した方がいい。後で看護婦さんから資料貰って役場に行きなさい。育児支援という制度があるから」

　それから暫くして朝倉幸太郎は千春の子供が出来た事を知らずに婚約したらしい。急に結婚するかしないか迫られ逃げた男だ。おそらく見合いを親に勧められたのだろう。

　それを親友の咲子から知らされたが千春は動揺も祝福もしなかった。もう人の事を心配している余裕もない。大きなお腹を抱えて頑張ってはいるが、仕事が遅いとか要領が悪いと先輩の仲居に辛く当たられる日々が続く。父親に似て強気な性格の千春は文句ひとつ言わず働いた。いくら怒鳴られても嫌な顔ひとつせず先輩の苛めに近い仕打ちに耐えた。

　働き始めて三ヶ月が過ぎお腹も目立つようになってきた。これではお客さんの前には出られない。女将ももちろん承知で雇った。こうなるとは分かっている。裏方として風呂場の掃除など出来る仕事はなんとかこなした。

給料はみんなと同じに働けないから半額の月八千円となった。食事と部屋代は支払わなくてよいのが助かる。この頃の大学卒の初任給は二万円前後。都バス初乗り十円。蕎麦八十円カレーライス百十円だ。千春は現金で七万、通帳には二十万あった。これは現在に換算したら十倍以上になるだろう。

千春は恵まれた環境で育ったお嬢様だったが、それを捨てて家を飛び出した。なに不自由なく大切に育てられ充分な小遣いを貰っていた。それをコツコツ貯めたのが二十万円だ。これでお産の費用はなんとかなるし何かあった時の為に出来るだけ使わないようにした。仕事を休んでいる間は無給。更に働かないと食事代と部屋代合わせて二千円支払わなければならない。お産してから一月後には働く予定だが子供を見ながら働く事になる。それでもお産前と同じく月八千円貰える。

やがて千春は双子を産んだ。しかも男と女だ。祝福してくれたのは女将夫妻と咲子だけだったが自分が望んで産んだ子は可愛い。その娘に小春(こはる)と息子は春樹(はるき)と名付けた。だが双子の子育ては予想以上に大変だった。初めての母が二人を面倒見るのは並大抵ではない。産婦人科で聞いた育児支援を役場で相談した。生後三ヶ月目から預かってくれるという。無料ではないが町の施設なので半額だ。千春は産休を三週間取って復帰した。その間、自費で赤ちゃんを世話するおばさんに預けて働いた。この方にも幼児がいるから、一人育て

料金受取人払郵便

新宿局承認

2523

差出有効期間
2025年3月
31日まで

（切手不要）

郵便はがき

1 6 0-8 7 9 1

1 4 1

東京都新宿区新宿1－10－1

(株)文芸社

愛読者カード係 行

ふりがな お名前		明治 大正 昭和 平成 年生 歳
ふりがな ご住所	□□□-□□□□	性別 男・女
お電話 番 号	（書籍ご注文の際に必要です）	ご職業
E-mail		

ご購読雑誌(複数可)	ご購読新聞 新聞

最近読んでおもしろかった本や今後、とりあげてほしいテーマをお教えください。

ご自分の研究成果や経験、お考え等を出版してみたいというお気持ちはありますか。

ある　　ない　　内容・テーマ（　　　　　　）

現在完成した作品をお持ちですか。

ある　　ない　　ジャンル・原稿量（　　　　　　）

書　名				
お買上 書　店	都道 府県	市区 郡	書店名	書店
			ご購入日	年　　月　　日

本書をどこでお知りになりましたか?
1.書店店頭　2.知人にすすめられて　3.インターネット(サイト名　　　　　)
4.DMハガキ　5.広告、記事を見て(新聞、雑誌名　　　　　)

上の質問に関連して、ご購入の決め手となったのは?
1.タイトル　2.著者　3.内容　4.カバーデザイン　5.帯
その他ご自由にお書きください。
(　　　　　)

本書についてのご意見、ご感想をお聞かせください。
①内容について

②カバー、タイトル、帯について

弊社Webサイトからもご意見、ご感想をお寄せいただけます。

ご協力ありがとうございました。
※お寄せいただいたご意見、ご感想は新聞広告等で匿名にて使わせていただくことがあります。
※お客様の個人情報は、小社からの連絡のみに使用します。社外に提供することは一切ありません。

■書籍のご注文は、お近くの書店または、ブックサービス(0120-29-9625)、セブンネットショッピング(http://7net.omni7.jp/)にお申し込み下さい。

るも二人、いや三人でも大差ないと世話代を安くしてくれた。

　同僚で年配の仲居は相変わらずきつくあたったが負けて堪るかと必死に働いた。千春は母になって強くなった。母は強し、と言われるが千春も例外ではなくお嬢様育ちの千春も一皮剝けたけた感じだ。

　やがて半年が過ぎた。今は町の施設に双子を午後三時から、仕事が終わる十一時まで頼んだ。夜泣きはするし母乳も飲ませなくてはならない。それは想像以上に大変だった。みんなに悪いが週一回は休みを貰った。覚悟した事だから弱音を吐かないが、先輩仲居には時々嫌味を言われる。普段の千春なら食って掛かるだろうが子供の為、すいません、気をつけます、で通した。仲居達は知らないが元来千春は気が強く負けず嫌いだ。そうこれまでは我慢してきた。それも限界に近い状態まで追い詰められた。千春自身何時自分が切れるか心配だったが子供の寝顔を見て我慢する事も覚えた。勿論、キレた瞬間此処にはいられなくなる。それだけは避けたい。そして一年が過ぎた。気が付けば日本で初めて開かれた東京オリンピックも終わっていた。千春にはそれどころじゃなかった。本来なら父母と揃ってオリンピックを見ていただろう。

　ある日、平穏な旅館に事件が起きた。五十歳前後の夫婦が泊まった時の事。夜の十時三十分が過ぎた頃、仕事も一段落し板長と板前さんが帰っていった。そんな時に客室から仲居頭である芳江（よしえ）が呼ばれた。呼ばれた部屋に行ってみると財布が無くなったという。

「あんたがこの部屋の担当だろう。俺が風呂から帰ってきたら財布が無くなっていたのだ。あんたが盗ったのか。それしか考えられん」

「そ、そんな。お風呂に入る時は、貴重品は持っていくか受付に預ける事になっています。そうでないと私達はお客さんの部屋の掃除も布団も敷けなくなります」

「なんだと、客のせいにするつもり」

「しかしそれはお客さんの管理が……」

そんな事は知らず自分達も終わりにしようとした時客室から怒鳴り声が聞こえてきた。更にガシャーンと激しい音が聞こえ女性の悲鳴が聞こえる。何事かと女将が問題の部屋に駆けつけると男が割れたビール瓶を持って暴れている。

「お客さんどうなさったのですか」と女将。

「あんたが女将か、あんたどんな教育しているんだ。この仲居が俺の財布を盗ったんだ」

「わっわたしそんな事をしていません」

「ふざけるなぁ警察を呼べ。突き出してやる」

「旦那さん落ち着いてそのビール瓶を下ろしてください。それからお話を伺いましょう」

「五月蝿い！　お前もグルか。とんでもない旅館に来たものだ」

帰りかけた千春が慌てて部屋に向かった。鬼の形相で男がビール瓶を持って仁王立ちしている。その側で芳江が震えていた。そこに千春が割って入った。

「なんだオメイは、もしかしてお前が犯人か」

「ハァ？　なんの事ですか。盗ったとか犯人とか。こんな夜中に他のお客さんに迷惑です。理由は私が聞きますから。そこにお座り下さい」

「なに客に喧嘩を売っているのか。とんでもないアマだぜ」

「お客さん。仲居が盗ったとか聞こえましたが、証拠があって言っているのですか。ないなら旅館の信用にも関わる問題です。ハッキリさせましょう。いくらお客様とは言え人権に関わる問題です。盗人呼ばわりされた仲居にも立派な人権はあります。いいですね。これだけ騒いでおいて、ありましたでは収まりませんよ。もし出てきたら名誉棄損、営業妨害及び著しく旅館の信用を失わせた損害賠償を請求しますから宜しいですね」

客は名誉棄損、営業妨害とか損害賠償と聞き急におとなしくなりビール瓶を置き椅子に座った。

「まぁ俺も頭に血が上って泥棒呼ばわりしたのは悪い、だがない物はないのだ」

「ところで奥様はどうなさいました」

「あいつか風呂に行ってる。女って奴は、長いからなぁ」

「では奥さんがお財布持っていたとか考えられましたか？」

「なに？　あいつそんな気遣いのいい女ではない」

タイミングが良いっていうか、そこに奥方が帰ってきた。

「あぁいいお風呂だったわ……あら大勢集まって何かあったのですか」

するとー旦那が慌てて妻に言った。

「お！　お前まさか俺の財布を持って行ったのか」

「ええそうよ。だって誰もいない部屋に貴重品置くのって、なんか嫌でしょう」

旦那は真っ青になった。もはや言い逃れは出来ない。大暴れし盗人呼ばわりしてごめんなさい、では許されない。最後の手段は土下座して謝るしかなかった。旦那が椅子から降りて土下座しようとしたら千春が止めた。

「お客さんお止め下さい。問題が解決して何よりです。私もタンカ切って御免なさい。ただお客様に冷静になって欲しかっただけなのです。もう今日の事は忘れましょう。ではお休みさない。では女将さん私達も失礼しましょうか」

「ああ驚いた、どうなるかと思ったわ。それにしても千春ちゃん大した度胸ね」

奥方は何があったのか分からずポカーンとしていた。

「いいえ父に鍛えられましたから」

すると芳江が膝から崩れて大きな溜め息をついた。

「怖かったぁ殺されるかと思った。しかし千春は凄いね。あのタンカの切り方。損害賠償とか言ったらお客さん急におとなしくなるんだもの。しかもそこに座れと。お客さんに喧嘩を売っているみたいだった」

「千春ちゃん何処でそんな度胸を付けたの。理詰めに追い込んでおいて大人しくさせた後、財布の行方が分かり青ざめたお客様を責めもせず、最後の締め方も見事だったわ。謝る前に、サッサッと引き上げる手際良さは見事よ。あれで土下座されたら、こっちだって困るし、お客さんの立場もなくなるし。ほんと丸く収まって何よりよ」

千春の取った行動は今で言う神対応に等しい。客も冷や汗だけで済んだ。そんな事件があった後、先輩仲居も千春を認めるようになった。そして急に優しくなった。


殆どの客は問題もなく泊まって帰っていくが、それでも一年に二度ほど問題を起こす客がいる。そんな時は決まって千春が対処する。毎度見事な大岡裁きだ。今では女将も先輩仲居も千春を頼もしい存在と認めている。当初は可愛い姪っこの頼みだから雇ったが歓迎している訳ではなかった。今では姪っ子の咲子に感謝して、時折電話を入れていた。

「へぇーそんな事があったの。流石は千春やるわね」

「ありがとうね。咲子、本当に良い人を紹介してくれたわ」

「千春は、お嬢様育ちだけど、子供の頃から気が強く、私が虐めに遭っても、いつも助けてくれたのよ。だから私は千春の為ならなんでもしてあげたいの」

「そうなの、いつも大人しいからそんな子だとは思わなかったわ」

「本当は怒ると怖いのよ、きっと我慢していたのね。大学は中退だけど法学部に入っていて法律には詳しいのよ。将来は弁護士になるのが夢だったって、婿を貰えば弁護士になっても良いと両親から確約を取っていたって」

「そうなの本来なら弁護士になれたんだ。だから法律用語がポンポン出てくるのね。そんな事は一言も言わなかったのに」

それから月日は流れ千春は二十六歳になった。仲居の仕事をして六年目、先輩仲居は一人辞めて新しい仲居が一人入った。今では小端屋旅館になくてはならない存在だ。双子はたいした病気もせずにすくすくと育った。小春と春樹が四歳くらいになると旅館の掃除やお客さんの靴磨きをして女将にお利口ねと、お菓子や洋服を買ってくれる事もあった。女将夫婦には子供がいないから孫のように可愛がってくれる。子育てに夢中だったのか月日はあっという間に流れて一番古株の仲居は結婚して辞めていき代わりにまた新しい仲居が入ってきた。千春は仲居頭となった。

更に月日は流れ小春と春樹は六歳なり今年の春、小学校に入学する予定だ。

「小春、春樹もうすぐ小学校に入るんだね。ごめんね、お金が無くて幼稚園に入れてやれず」

「いいの、アタシなんとも思っていない。でも入学式にはお母さんしか来られないのよね」

「それってお父さんもいて欲しかったの」

「でも仕方ないよね。死んじゃったんだから」

「……うん。お母さんだけでごめんね」

「お母さん、いつもごめんねと言うのは止めてよ。僕もお母さんの苦労は分かっているから」

二人共母親思いの良い子のようだ。千春にとっても親を気遣う子供は可愛い。本当によく育ってくれたようだ。千春の苦労も報われるというもの。

振り返ってみれば先輩にあたる仲居の二人は辞めて今は新しい仲居が二人入り千春は仲居頭になり入った頃を思いだしていた。最初は虐めに近い感じでいびられた。だから新しい仲居にはそんな思いはさせたくない。親切に教えてやった。二人の仲居にも慕われるようになり明るい職場となった。

しかし問題が無かった訳ではない。ある日、小春と春樹が泥だらけで、おまけに怪我をして帰ってきた。千春が問い詰めても、ふざけて遊んで怪我をしたという。納得のいかない千春は更に問い詰めた。すると公園で遊んでいる時に小春が男の子に虐められたそうだ。怒った春樹が小春を虐めた男の子を殴ってしまった。すると近くで見ていた母親が凄い剣幕で小春と春樹を殴り飛ばしたそうだ。それを聞いた千春が子供の喧嘩に親が出てくるとは何事かと相手の家に怒鳴り込んだ。何処の母親でも子供が可愛い、我が子が相手の親に殴られたと聞き、千春は怒りが沸騰した。文句を言おうと、その家に向かうと、どうやら旅館の裏手のようだ。親は旅館の関係者だろうか。

「突然失礼致します。貴女が友則(とものり)くんのお母さまでらっしゃいますか」

「なんですかアンタ、人の家に怒鳴り込んでくるなんて」

「別に怒鳴り込んだ訳ではありませんが、申し遅れました。私は小春と春樹の母で御座います」

「それでなんの用件で来たのかしら。まさか子供の件で……」

「ええ普通なら子供の喧嘩ですから、ほっておきますが、聞いた所によりますと、あなたがうちの子を殴ったそうじゃないですか。本来なら喧嘩両成敗で仲直りさせるんじゃないですか、それが頭に血が上って殴ったそうですね。それが大人のすることですか」

「冗談じゃないわよ。私も手出だしするつもりはなかったけど、双子姉弟二人がかりでうちの子を殴ったのよ」

「あら？　春樹の言い分と違いますね。春樹は小春がお宅の子に殴られたから仕返ししたそうですよ。それを二人がかりとは、小春は女の子ですから殴られた相手に立ち向かえる勇気はありませんよ。勝手な言い分ですね」

「うちの子が殴られて黙っている親がいますか」

「子供同士の喧嘩なら私は何も申しません。けれど大人が出てきたら話は別です。謝る気がないなら出る所に出ましょうか」

「どうして私が謝らないといけないの。それでどこに行くと言うのよ」

「勿論、警察です。子供同士の喧嘩なら問題ないですが、大人が子供を殴ったのだから、立派な傷害罪ですよね。更に大怪我して後遺症が残ったら高額な慰謝料と禁錮刑三年以上になるわよ」

「そ！　そんなぁ脅す気なの」

「別に事実を言ったまでです。信用出来ないなら警察でハッキリさせましょうか」

警察に訴えると意気込む千春に、流石のこの親も何も言えなくなった。更に千春は畳み掛ける。

「まぁ怪我をしていなくても暴行罪、子供が受けた苦痛。これは立派な犯罪ですよ。私だって騒ぎたくありませんよ。まぁご近所ですし今日の所は引き揚げますが、反省してくださいね」

千春が帰った後、この母は震え上がったそうだ。

こうなると収拾がつかなくなる。千春もカッカッしていて以前起きた旅館でのような大岡裁きとはいかなかった。狭い町だから噂が広がるのが早い。当然、小端屋旅館女将の耳にも入ってきた。この事は千春に内緒で事が進んだ。調べたところ相手も同業者だと分かった。旅館組合では時折会っており、知らん顔が出来ない。女将は相手の母親と会った。

「どうも先日はうちの仲居がご迷惑を掛けたそうで、申し訳ありません」

「あれ小端屋の女将さんじゃありませんか。どうしました。まさか女将さんのところの仲居さんなの」

「はい、普段は大人しい子なのですがね。自分の子供の事となると別人になりまして。本来は大人しい子のですが、気は人一倍強く、以前私の旅館で盗難事件がありまして仲居を捕まえて『お前が取ったのだろ』と先輩の仲居が泣き出して、そこにあの子が来て『お客様冷静になって下さい』と今度はお前が取ったのかと喚き散らして大変でした。すると、お客様此処では他のお客様迷惑になります。外でお話を、いくらお客様でも証拠もなしに泥棒呼ばわりされては人権問題になります。もし財布が出てきたらどうします。これだけ騒いでは営業妨害になりますよ。法律的な言葉を並べたてたら大人しくなりました。そのあと、奥さんが財布持って風呂場に行った事が分かりました。慌てたのはその泥棒呼ばわりしたお客さんで、でもあの子は、責めもしないで、良かったですね、ではお休みなさいで一件落着でしたよ」

「そんな事があったのですが、頼もしい仲居さんですね。度胸もあるし口が達者なんですね。法律にも詳しいようで、私も傷害罪とか言われました」

「御免なさいね。よく教育しておきますから、あの子は大学で法学部に入っていましたから法律には詳しいですよ。親の跡を継ぐ傍ら弁護士を目指していたそうです」

「どうりで法律に詳しい訳ですね。私も正直驚きました。私のところに怒鳴り込んできたんですよ。まぁ私もカッとなってその時は収まりがつかなくて。発端は子供の喧嘩ですからね。私もいけないです義母に叱られました。子供の喧嘩に大人が首を突っ込むなと」

「まぁ双方に言い分があると思いますが。人の家まで押しかけて行くなんて行き過ぎです。その辺はお詫び致します」

「いいえこちらこそ申し訳ありません。女将さんまで出向いて貰って。後から聞いた話なんですが、旦那がいなく一人で育てているとか」

「まぁそうなんですが、一人で育てなくてはいけないから自然と気が強くなるようで」

「気持ちは分かります。私なんか旦那や女将さんに見守られているので我が侭になってしまって」

「あの子は鎌倉で酒造業を営んでいる、そこのお嬢さんなのですよ。一人っ子で婿を取って跡を継ぐ運命だったんですよ。それが大学を中退し自分がしでかした過ちで千葉まで来て働く事になったんですよ。でも優しい子でね、今では私の娘のように思っています」

「大学の法学部に通っていたのですか。どうりで頭の回転が速いようで、苦労しているんですね。こちらこそご迷惑をかけまして。女将さんまで出向かせてしまい申し訳ありません。今後とも宜しくお願い致します」

そんな出来事があったとは知らず、千春はまさか女将が出向いているとは驚きだ。

昭和四十七年まもなく双子が入学すると知り、親友の咲子が久し振りに互いの子供達を連れて会おうと手紙が来た。その親友の咲子は五年前に結婚して一男一女をもうけた。千春も咲子も子育てに忙しく最近は疎遠になっているが千春にとって咲子は恩人である。確か子供は三歳と四歳になっているはず。子供を連れて十年ぶりかに東京に出る。千春は心が踊った。小春と春樹はテレビを見て東京タワーを見たいと何度も言っていた。咲子とその東京タワーの展望台で会う事に決めた。千春にとって子供を育てから初めての贅沢な一日となりそうだ。現在は廃止されているが木更津—川崎間のフェリーがあった。三人はそのフェリーに乗り東京湾に出た。子供達は船に乗るのも海に出るのも初めてで大喜びしている。千春はそんな二人を見て思えば何もしてあげられなかった。こんな母でごめんねと心で詫びた。今は元気だけと高熱を出したり怪我をしたりと、苦労がなかった訳ではない。それだけにこうして元気で入学を迎えるのは本当に嬉しかった。

やっと苦労が報われた頃、ふっと両親の事を考えた。あれから一度も連絡していない。厳格な父だから怖くて連絡も出来なかった事は確かだが、今、自分も親となって分かる事がある。もし小春が私と同じ事をしたら千春はおそらく発狂したかも知れない。八年ぶりに千春は両親に手紙を書いた。ただ住所は知らせなかった。風の便りでは今でも酒造業は続けているらしいが細かい事は知らない。

「あなた！　あなた千春から手紙よ。元気なのかしら一体どこで何をしているのよ。でも手紙が来たという事は生きているのね。それだけでも良かった」

「なんだって千春から手紙。あの親不孝者め。今更なんだっていうのだ。まさか金が底を突き助けを求めてきたのか。だが遅い勘当覚悟で出ていったのだから俺は知らん」

「なんでそんな意地悪な事を言うのよ。強がり言ってもたった一人の娘よ。もっとあの子の気持ちを考えてやるべきだったのでは」

「もういい。とにかく手紙を読んで見ろ。親不孝でもたった一人の娘に違いない」

『あれから八年の月日が流れましたね。勝手に出て行った私を許してとは言いません。お父さんもお母さんも息災でおりますか。今だから本当の事を申します。私には当時好きな人がいました。そんな時に縁談の話が持ち上がり私はどうして良いか分からなくなりました。勿論家の跡を継ぐ事は分かっていました。でも好きになった人と別れる事が出来ませんでした。そしてその好きな人に私を連れて逃げる勇気があるかと問いました。もちろんと言ってくれると思いました。だがその人は優しく良い人ですが気が弱い所があり結局は私から逃げてしまいました。もう私も諦め、お父さんの言う通り縁談の話を引き受けようとした時、妊娠している事が分かったのです。ふしだらな女で申し訳ありません。でも気が付いたら妊娠三ヶ月になっておりました。でも別れた人は知りませんし言う気もありません。こんな事をした私をお父さんが許してくれる訳がない。もはや後戻りが出来なくなりました。更に世間の笑い者になるでしょう。仕方なく友人の力を借りて温泉旅館に仲居さんとして働かせもらい、そこで子供を産みました。今やっと親の気持ちが分かる気がします。驚くでしょうが双子だったので本当に大変でした。今年の春に小学校に入学する予定です。娘の名を小春、息子は春樹と名付けました。私のせいで父親のいない子ですが、とても良い子に育ちました。そうお父さんお母さんにとっては孫ですよね。出来るなら孫を見せたいのですが、こんな親不孝の産んだ子は見たくありませんよね。私は元気です。

親不孝者ですが陰からお二人の幸せを祈っております』

「あっ貴方！　双子だってよ。しかも男と女」

双子が生まれたと知り千春の母、春子が号泣した。親にも言えない事情があったとは。過ちを犯した千春だけを責めるのはおかしい。親にも相談出来ない状況に追い込んだ親も悪い。春子は一徹をキッと睨んだ。

「貴方が厳し過ぎるのよ。たから千春は本当の事を言えなかったのよ」

「馬鹿な、ふしだらな事をした娘をどう許せと言うんだ」

「それが厳格過ぎると言うのよ。もっと娘の気持ちを尊重してやれば相談してくれたはずよ。そうすればこんな事にならなかったのに」

「それにしても相手の男はなんて野郎だ。見つけて半殺しにしてやろうか」

「今更なにを言っているのよ。その相手の人も子供が出来た事を知らないのよ。もし知って俺の子だからなんて言ったら大変よ。そんな知らない男に孫を渡せますか」

春子は手紙が届いてから居ても立ってもいられない様子だ。一徹も落ち着かない。怒りと安堵と入り混じって複雑だ。だが双子の孫がいると知ってどうしようか迷っている。

こんな時に打算的だが一徹は孫が跡を継いでくれるとふっと思った。

「貴方、この手紙を見て住所は書いてないけど切手の所にある消印に木更津とあるわ」

「なんだって千春は千葉に渡っていたのか。俺達は横浜や湘南などを中心に探したのに、まさか千葉に住んでいたとは。考えてみればフェリーを使えば千葉へ簡単に渡れた。盲点を突かれたな。よしじゃあ木更津に行ってみよう」

「えっ勘当だといつも言ってたじゃない」

「そりゃあ従業員の手前、そう言わないと示しが付かないだろう」


そして千春と小春、春樹は憧れの東京タワーに上った。展望台から見る東京の景色は沢山のビルが出来て戦後の焼け野原のような景色と一変し驚きと感動を覚えた。子供達は大喜びしている。其処に咲子と咲子の子供二人がやって来た。久し振りぶりの再会である。二人は顔が合った瞬間抱き合って喜んだ。子供達はビックリしている。

「千春、久し振り元気そうで何より」

「咲子、貴女も元気そうで。あらぁ可愛いわね。二人とも咲子によく似ているわ。あれ？旦那様は一緒じゃないの」

「うん、仕事が忙しくて。それに小春ちゃんと春樹くんに気を使って楽しんでおいでと送り出しくれたの」

「別に気を使わなくてもいいのに。それにしても優しい旦那さんね」

東京タワーで楽しんだあと、お昼ご飯を六人で食べた。子供達はお子様ランチだ。乗物の器には日の丸の旗が立っていた。ハンバークとオムライスのセット。子供達は大喜びしている。そして小春と春樹は咲子の子供とすぐ仲良くなった。それを見て咲子は、

「この子達も大きくなって私達と同じく親友になれたら最高だね」

「本当ね、私もそうなって欲しい。そして咲子とは互いに白髪になっても行き来したいわね」

千春にとっても子供達にとっても忘れられない最良の日となった。また再会を約束して別れた。


一方、一徹と春子は酒造りを従業員に任せ千葉に向かった。手紙の消印を頼りに木更津に着いた。だが木更津と消印があっても木更津に住んでいるとは限らない。千葉市内かも知れないし別の町かも知れない。

「ねぇ貴方。ただ漠然と探したって分からないわよ。一体どこを探すのよ」

「まず郵便消印のある木更津市を中心に旅館を片っ端から聞いて行こう。それで明日は町役場に行き秋沢千春という名前が住民票に載ってないか聞くとしよう」

「なるほど役所なら分かるわよね」

だが木更津周辺にはいないようだ。この頃はまだ個人情報というものはなく。親であればたいていは開示してくれた。翌日二人は富津方面に向かった。ともかく旅館となれば温泉地か市街地、或いは海辺近くの旅館が有力だと富津の役場に赴いた。だが其処にもいなかった。そして三日目、富山町（現　南富津市）の役場に来た。

「あのこちらに秋沢千春という者が住民登録しているでしょうか」

「貴方がたとどういうご関係ですか」

「あっはい娘です。確か八年ほど前から旅館で働いていると思いますが」

「分かりました。それでは申請書を書いて暫くお待ち下さい」

「春子よ、此処にもいなかったら館山まで行きそれで駄目なら帰ろう」

「そんな私は諦めないわよ。きっと近くに住んでいるはずよ」

暫くすると職員がやって来た。

「お待たせしました。え～と秋沢千春さん二十七歳の方なら住んでいますね。お子さんが二人と」

「え～～本当ですか。良かった子供も二人いるはずです。で住所は」

「この住所だと海辺にある小端屋旅館ですね」

「そうですか、いゃあ本当にありがとうございました。それでその旅館までバスは出ていますか」

「はい出ていますが一日に四本しかないので」

「それなら今からそっち方面に係長が行くので乗せて行ってあげましょうか」

「えっそれは有り難い。是非ともお願いします」

それから三十分ほどして小端屋旅館に到着した。時刻はまだ夕方に早い四時を少し過ぎた頃。二人は緊張している。約八年ぶりの再会だ。だが心配もある。会いたくないと言われるかも知れない。

千春の父、一徹と母、春子は千葉に渡って三日目、やっと千春の居場所を突き止めた。

そしてついに旅館の前に着いた。

二人は緊張している。約八年ぶりの再会だ。十九歳の娘が今や子持ちの二十七歳で立派な大人だ。もしかしたら父の一徹を恨んでいるかも知れない心配もある。会いたくないと言われるかも知れない。

「とにかく今日は此処に泊まろう」

「じゃあ最初に私が入るわ。私なら会ってくれるはずよ」

「まぁそれがいいか」

最初に春子が予約してないけど泊めて欲しいと申し込んだ。

「いらっしゃいませ。はい空いていますよ。おひとり様ですか」

「いいえ二人ですが連れは少し遅れて来ますので」

受け付けたのは千春の後輩の若い仲居だった。春子はドキドキしている。バッタリ千春と鉢合わせになるのも気まずい。この若い仲居さんに聞こうか。それとも女将さんに先に会うべか迷った。

「あの～こちらの女将さんは」

「はい女将は間もなくご挨拶に来ると思います。小さな旅館ですが女将が挨拶するのがしきたりになっております」

「そうですか、それは丁度良かった」

　暫くすると六十過ぎの女将がやって来た。

「ようこそ、いらっしゃいませ。何もない所ですが温泉と料理は自慢出来ますよ」

「あの～単刀直入に申し上げますが、こちらに秋沢千春がお世話になっているでしょうか」

「……あの～もしかして千春ちゃんのお母さん？」

「はいそうです。やはりこちらにお世話になっていたんですか、娘が大変お世話になって」

　すると女将さん床に頭を擦りつけ謝った。

「こちらこそ申し訳ありません。本来ならすぐ知らせるべきでしたが千春ちゃんはそれだけは止めて下さいと哀願するもので。たぶん親御さんに知らせたら、また何処かに行ってしまう気がして。私の姪の紹介なんです。咲子といいまして学生時代から千春ちゃんの親友だそうで。身ごもっているからお願いと頼まれましてね」

「とんでもない。そんな娘を雇って頂き感謝しています」

「そう仰って頂くと肩の荷が下りた感じです。今では千春ちゃんが料理を除き切り盛りしているほどで助かっていますよ」

「いいえ女将さんの指導の賜物でしょう」

「今日は泊まり客も少なく千春ちゃんはご両親と心行くまで話し合って下さい。……あの今日はお一人で？」

「いいえ、亭主は表に待たせています。なにせ千春は父が怖くて逃げるんじゃないかと」

「それはないでしょう。千春ちゃんはもう立派な大人であり二人の母親ですよ。あっまだお孫さんに会ってないんですね。では私、千春ちゃんが驚かないよう話してから来させましょう」

女将は千春に両親が来ていることを伝えた。

だが千春は覚悟していたらしく分かりましたと女将に伝えた。手紙を出した時から覚悟していた。その時が来たのだ。何から話せば良いか分からないが、とにかく詫びるだけだ。千春はそっと襖を開けた。八年ぶりの対面だ。開けた途端に母が飛びついて千春に抱きついた。詫びる暇もなく母は泣き崩れた。千春も言葉が出ないまま母に縋った。それが七分ほど続いただろうか。やっと我に返った千春は母に土下座して詫びた。

「いいのよ千春、生きてさえいてくれれば」

「本当に心配かけてごめんなさい。私もまさか妊娠しているなんて思いも寄らなかった。お母さんにもお父さんにも合わせる顔がないと逃げてしまって」

「お父さんもいけないのよ。本当に名前の通り頑固一徹なんだから。確かにそんな事を聞いたらお父さんは貴女を張り倒していたでしょう。ただ聞いて、お父さんは貴女が可愛くてしょうがないのよ。その裏返しに怒鳴る事しか知らないから。私は何度も言ってやったのよ。時代の流れだから私達の時代とは違うのよと」

「それでお父さんは？」

「表で待たせてあるの。大丈夫よ、お父さんも分かってくれるって」

千春は後輩の仲居に外にいるお客さんを呼んで来て、と頼んだ。暫くすると父が気まずい顔をして入ってきた。千春は入ってくる前から襖の方に向かって土下座していた。いきなり父に張り飛ばされるか、ドヤされるんじゃないかと思っていた。だが父は何も言わず千春を抱きしめた。口下手な父だから態度で、もういいと言っているのかも知れない。あれから八年の長い冬が終わった感じだ。千春は再び詫びようとしたが父は顔を横に振って、もう過ぎた事だと言う。母の春子は抱き合う父と子の姿を見てまた涙した。やがて母は思い出したように千春に言った。

「それより千春、孫に会わせて頂戴。双子なんだってね。子育て頑張ったね」

「今更ながらお母さんの気持ちが分かるような気がしてきました。いま連れてくるわね」

千春は二人におじいちゃんと、おばあちゃんが来ている事を伝えた。

「ねぇお母さん。お客さんの部屋に入ってもいいの。いつもお客さんの部屋に入っては駄目と言ってるじゃない」

「それが今日は特別よ。あなた達のおじいちゃんとおばあちゃんだもの」

「え～本当？　あの鎌倉に住んでいるという」

「そうお母さんが生まれ育った所よ。本当はもっと早く連れて行くべきだったけど御免ね」

「ほらぁまたお母さんのゴメンが始まった」

「じゃあ行こうか、キチンと挨拶出来るわね。もう小学一年生になるんだし」

二人は母の後ろに付いて行く。だが少し緊張しているようだ。千春はニコッと笑って入るわよと促し、襖を開けて入ると二人は少し照れながら、

「おじいちゃん、おばあちゃん。初めまして私は小春です」

「僕は春樹です。宜しくお願いします」

「まぁ見事なご挨拶ね。男と女だけど本当によく似ているわ」

「……はい、おじいちゃんです。今日は何も買ってこなかったけど何か欲しい物あるかな」

「もうおじいちゃんったら、物で釣るつもり」

「いやそうではないが、そうだランドセルはもう買ったのか。勉強机も必要だろう。それから洋服も」

「もうズルい。私だって買ってあげたいのが沢山あるのよ」

一徹は妻にも小春にも見せた事がない表情で、まるで宝物を手にしたような喜びようだ。それから夕食を共にした。積もる話も沢山あるだろうが千春の両親は孫にばかり話しかける。孫は目に入れても痛くないというが正にそれだった。親不孝な娘だが両親には二人の孫が何よりの贈り物だった。翌日千春の父と母は孫二人を連れてランドセルを買いに行った。千春はいいよと言ったが、女将さんは笑って、好きなようにさせたら、それがお

じいちゃんおばちゃんの一番の楽しみなのだからと言われた。

「嗚呼、私も子供がいたなら同じ事をしただろうな。そうだ小春ちゃんと春樹くんに私もプレゼントしないと、私にも孫みたいな子だから」

「そんな女将さん。いいですよ」

「何を言っているの、あの子達は生まれた時からずっと見てきたのよ。私にも孫と言わせて」

千春の両親はランドセルどころか沢山の洋服や玩具を買ってきた。それから千春に三十万渡して、また来ると言って帰っていった。


間もなく三月も終わり四月に入った。四月五日はいよいよ桜吹雪が舞う中で小春と春樹の入学式だ。もちろん鎌倉からは千春の両親も来ていた。父は新しく買ったのか一眼レフカメラの望遠付き。カメラマン顔負けの装備だ。流石の千春も呆れていた。私も幼い頃あんなに可愛がってもらったのだろうか。少なくとも父にはいつも厳しく叱られてばかりだったが、いまでは孫に夢中になっている。世間では（なみだ恋）という曲がヒットしていた。

思えばあれから私は恋もしたことがない。子育てに夢中で忘れていた。あの遠い昔の恋はなんだったのだろう。あれを人は、なみだ恋というのだろうか。

千春はあの日の事を思い出した。もう八年前、千春の年も過ぎたが私を連れて逃げてと言ったのに自分ばかりが逃げて行った。つくづく思う。優しく人が良いだけでは人を幸せに出来ない。改めて思う。いざという時に強い意志を持った男こそ本当の優しさじゃないのかな。千春も気が付けば間もなく二十八歳になる。現在ならまだ余裕のある年齢だが、この時代の適齢期は二十五歳くらい。しかも二児の母となれば誰にも相手にされない。もともと千春は結婚願望なんかなかった。あの朝倉幸太郎みたいな男を愛したのが悔やまれる。もう男なんかこりごりだ。若気の至りにしては大きな代償を支払った。自分の人生を奪われたと言ってもいい。ただ二人の子供を授かった事だけは感謝するが私の青春を返してと言いたい。父と母の孫の可愛がり方は異常なほどだ。いずれ春樹は秋沢酒造を継ぐ事になるだろう。

父が心配して千春に話しかけた。

「なぁ千春帰ってこないか、お前が弁護士を目指すなら、また大学に通って将来司法試験を受けて弁護士になったら」

「有難うお父さん、気持ちは嬉しいけど旅館の女将に恩義もあるし当分は無理よ。子供達の道は二人に決めさせる。私に代わってお父さんの跡を春樹が継いでくれるでしょう。小春も旅館に興味があるみたいだし、私と小春でこの旅館を盛り上げていかなくては」

「そうだな。恩義には報いなくてはならないな。まあ急ぐ事はない。ただ時々帰ってこいよ」

私が出来なかった事を春樹が繋いでくれる。きっと春樹なら分かってくれる。ふっとそんな事を思っていたら窓の外がピカッと光ると同時にカミナリが鳴り響いた。卒業式の真っ最中だっただけに子供達は驚いていた。

「春雷か……春が私なら父は雷だろうか。私の人生そのものね」

了

歌手　矢羽美咲

第一章

時はまだ携帯電話もない昭和の時代。私の人生が変わったのは高校三年の秋、修学旅行で東京に行った時の事。北海道の田舎の高校生達にとっては憧れの東京だった。

修学旅行の途中、自由行動の時間に気の合った仲間と行動を共にして原宿を歩いていると突然見知らぬ人に声を掛けられた。しかも同級生六人の中で私一人に声を掛けてきた。なんと歌手にならないかとの誘いだった。東京ではよくある事らしいが、北海道の田舎町では想像すら出来ない。先生に知らない人には注意するように言われていたが、そこは若い高校生、都会は新鮮で見るもの聞くものワクワクする。六人も一緒にいるから大丈夫と興味津々で、彼等の問いに素直に応じた。なぜ私なのですかと聞くと。

「私達は新人発掘専門のスカウトです。この人なら売れると思う人に声を掛けているのです」

「まさかぁ、私なんか田舎の高校生ですよ」

「それが良いのです、芸能界は新鮮なものに惹かれます。貴女にはそんな魅力があります。そんな人を探していました。いずれまた改めてご挨拶に伺います。宜しくね。ええっとお名前は……ああ名札に書かれてある矢崎美咲(やざきみさき)さんで宜しいですか。卒業は来年の春ですか。

電話番号だけ教えてください。必ず連絡しますから」

　そう言って名刺を渡して立ち去って行った。『貴方には魅力がある』なんと言う誉め言葉だろう。こんな事を言われたら舞い上がってしまう。


「美咲、凄いじゃない。ここでスカウトされたら芸能界入りの近道よ」

「そうよ、普通なら芸能専門学校に入ってから運の良い人は芸能界入り出来るのよ。なのにスカウトならワンランク上の段階から始めるからずっと得だよ」

　同級生は歓喜し、自分の事にように興奮している。余りにも突然で呆然とするだけだった。その時に貰った名刺に書かれていたのは有名な芸能プロダクションだ。田舎でも若い子なら知っている大手のプロダクション、沢山のスターを送り出している。高校生なら誰でも憧れる夢の芸能界だ。勿論私も例外なくその内の一人、胸には〇〇高校と書かれていて学校を調べればすぐ分かる。修学旅行から帰り母と兄に報告すると当然のごとく猛反対された。

「美咲、あなたは騙されているんだよ。若いから夢を見るのは良いけど夢は夢。母さんは反対だからね」

「分かっているわよ。でも悪い気はしないわ、一瞬だけ夢を見ただけよ。恐らくもう連絡もないし、こちらからも連絡する気がないから」

　いきなり猛反対する母に少しイラッとした。私だって自信もないし騙されていると思っていた。でも夢を見るくらいいいんじゃないのと言いたい。でも母の意見にその時は素直に従った。

学校の先生には進路は就職、その希望する就職先は市役所と進路報告を済ませてあった。ただ先生の言う事には田舎の市役所に入るには、どこでも同じだがコネがないと入れないという。私は先生に反論した。コネってなんですか面談と試験で成績の良い者が選ばれるのじゃないですかと抗議したが、先生は残念ながらこれが世間なのだと聞かされた。

そのコネとは現役の市役所職員の家族や親戚、あるいはコネのある市会議員の一言で決まるそうだ。そう言われると思い当たる事がある。同級生の中には父親や親戚が代々役所勤めの子もいる。私はウンザリした。大人の世界とは世間とはそんなに醜いものなのか。もはや市役所勤めは絶望的となった。私はその時に決心した。働くなら都会に出よう、それならコネも何も関係ない実力さえあればなんとかなると考えが変わっていった。

就職先も決まらないある日の事だった。授業中に私は職員室に呼びだされた。緊急電話である。美咲より五歳年上の兄が交通事故にあい車に撥ねられたという。その日のうちの手術。片足を失う事態となった。またもや災難が矢崎家を襲った。またもやとは父が炭鉱で働いていた時に事故で亡くなっている。病院費用も嵩み私も働かないと生活が出来なくなる。三人家族で一番頼りになる兄が働けなくなる。挙句の果てに加害者にはひき逃げされ、未だ行方不明となり途方に暮れていた。本来なら加害者の保険で治療費と慰謝料が支払われるのだが、加害者が逃げて治療費は全て私達家族が支払う事になる。その場合、健康保険が適用されるが全額保証してくれるか分からない。このままでは入院費の支払いも大変な事になる。兄が働けなければ働き手は母だけだ。しかもパートでは生活が成り立たない。兄が不憫でならないが、もはや私が都会で働く夢も途切れた。頼りの兄も障害者となり働き手は母と私だけ、その母も若くないし私が家族を守らなければならなくなった。

年が明け正月が過ぎた頃、矢崎家に一本の電話が入った。電話に出たのは私だったが、これが母だったら問答無用で切られていただろう。

「もしもし、矢崎ですが」

「私、あの芸能プロダクションの者ですが美咲さんでしょうか」

「ああ、あの原宿で声を掛けてくれた方ですか、まさか本当に連絡が来ると思ってなかったので驚きです」

「突然申し訳ありません。出来れば今度そちらに伺い、ご両親を交えて相談に伺いたいと思いまして連絡致しました」

「それはどうも、実はいま兄が交通事故に遭い、そんな状況ではないのです」

「ああそうですか、それはお気の毒に。分かりました。では今度落ち着いた時に連絡差し上げます」

確かにタイミングが悪い、いやそもそも本当に連絡が来るとは思わなかった。母が聞いたら物凄い剣幕で怒る姿が浮かぶ。しかし矢崎家は深刻だ。兄の入院は母と私に重く伸し掛かってくる。いよいよ経済的に追い詰められた。私は恐る恐る母に先日プロダクションから電話があった事を伝えた。

「なに？　本当に電話が来たのかい。まさか本気とはねぇ。でも今はそれどころじゃないだろう。美咲も分かっているわね」

「確かにそうだけど、信じられない事を言いだしたのよ」

「なんだい、まさか脅かされたんじゃないだろうね」

「まさか、それが契約金を出すからどうだろうと言うの」

「えっ契約金？　金を取るのじゃなく金をくれるというのかい」

「詳しくは分からないけど一度会って欲しいと」

それから一ヶ月後、東京から芸能プロダクションの人が、わざわざ遠い田舎まで訪ねて来た。それ自体凄い事だ。原宿で名刺をくれたスカウトの人と責任者だろうか。芸能界に入らないかという二度目の誘いだ。母は最初、会おうともしなかったが相手は誠意を込めて対応してくる。会わなければ失礼だと渋々応じたのだった。

特訓して歌手としてデビューさせるという夢のような話だ。だが大人の世界、世間は表と裏がある事を先日、思い知らされたばかりだ。特に上手い話には裏がある。話す事は何もないからと母は断ったのだ。だが彼等も東京からわざわざ来た。簡単に引き下がらない。私と母の説得に掛かった。

普通、芸能プロダクションに入るには、養成学校に入り高い学費が必要となるらしい。しかし芸能事務所の人は、学費など費用一切免除その他に契約金として七百万円を用意すると言うのだ。まるでプロ野球のドラフト候補のような扱いだ。私は目の色が変わった。

勿論この時だけは金の為だった。これ以上家族に負担をかけたくない。七百万あれば兄と母は治療費を支払い当分は生活が出来る。私は母に、こんな良い話を断る理由がないと迫った。最初から騙すつもりならこんな、わざわざ東京から、こんな田舎に来るはずもないし高額な金を出すはずもない。そう思った結論だった。母はプロダクションの二人を待たせて私を別室に呼んだ。


「あなたねぇ何を考えているの？　これじゃ七百万で売られるようなものじゃない」

「確かにそんな気もするわ。けど兄ちゃんの入院費用やこれからの生活はどうするの。それに上手くいけばスターも夢じゃないわ。心配なら先生に立ち会って貰い、大丈夫なら契約すれば良いでしょう。失敗したとしてもお金を取られる訳じゃないし。少しでも夢が叶えられるならそれも素敵な事じゃない」

それでも不安な母はスカウトの人に質問した。

「貴方がたはそんな大金まで出して美咲が必要ですか？　美咲はそれほどの価値があるのですか」

「お母さん、勿論です。でなければ東京から夕張まで来ませんよ。正直七百万もの大金を上司に出させたのも美咲さんなら売れると読んだからです。私達だってスカウトで飯を食っています。売れなければ私達も首が飛びますよ。ですから真剣なのです。美咲さんを原宿で見かけた時にピンと来ました。美咲さんには何とも言えない魅力があります。どうか私達に任せてください。きっと立派に育て上げますから」

見事な口説き文句だ。確かに高額な金まで出して誘うのだからスカウトマンは商売、売れなければ最悪クビが飛ぶ世界、いわば美咲とスカウトマンは一蓮托生の仲となる。

母も迷った。確かに騙すつもりなら七百万もの大金を出す訳がない。更に月謝もタダだと言う。もし万が一、成功すれば歌手の夢が叶う。母も渋々納得してくれた。こうして私の新しい人生が決まった。とにかく先は闇だが目の前の七百万に目が眩んだと言われてもいい、その金がないと私達は路頭に迷う事になる。

「それとご家族が大変な時に大事な娘さんをお預かりするのは心苦しいですが。そこでこれは契約金と別に我々の気持ちです。支度金にでもして下さい」

プロダクションの人は帰り際に支度金として五十万円を置いていった。相手の本気度が分かった。いや誠意と受け止めるべきか。これが駄目押しとなった。母は娘を宜しくお願いしますと頭を下げた。

卒業式当日、私はクラスメートに囲まれて芸能界入りを祝福された。嬉しさが半分と怖さが半分入り混じっていた。十八年間住み慣れた故郷、寂れていく夕張市を出る。でも自然は美しい街ではあるが今では夕張炭鉱は総てが閉鎖され人口も仕事も更に減り、将来が見込めない廃墟の街と化していた。聞けば夕張の財政は破綻状態にあるという。

そして一番恐れていた市民病院の閉鎖の話が浮上している。夕張市民は怪我も病気も出来ないのか、これでは本当に夕張はいずれ廃墟の街と化していく。そんな所に兄や母を置いて私は出て行こうとしている。生まれ育った街が壊れていく。もし、もしも私がスターに成れれば街の為に何か役立つかも知れないと、早くも大スターになった夢を抱いていた。

第二章　アッという間にアイドル

心配する母と兄を残して、私はついに東京に出発する日が来た。

「母さん、兄ちゃん。頑張って歌手になったら沢山仕送りするからね」

「こっちは大丈夫さ、正直助かったよ。兄ちゃんの入院費や生活費をどうしようかと困っていたんだ。でもねぇ、お前を身売りするようで母さんは心苦しいんだよ」

「そんな事ないわよ、きっと大スターになって故郷に錦を飾るから」

夕張駅のホームでの事だ。兄は車椅子に乗って頑張れよと言ってくれた。母はもっと話をしたそうだが、クラスメートや友人達が大勢私を見送りに来ている。母の切ない気持ちは分かるが明るく見送って欲しかった。でないと私の決心が鈍るから。

やがて発車のベルが鳴った。ドアーが閉まる。友人や母が大きく手を広げて振っている。列車のスピードが上がるとその視界は消えた。代わりに故郷の見慣れた景色が広がる。アイヌ人が名づけたというポンポロカベツ川を列車は渡る。子供の頃よく遊んだ川や山がその総てが通り過ぎて行く。沢山の想い出の詰まった夕張が遠くなる。

私は千歳空港から羽田空港へ行き空港ロビーに出ると事務所の人が迎えに来ていた。私は既に心のスイッチを切り替えていた。私はスカウトされたと言うよりも七百万で買われた身だと自分に言い聞かせた。そう思わないとこの先どんな辛い事が待ち受けているか分からない。そう思えば乗り切れると覚悟を決めている。

その日のうちに事務所のスタッフを紹介され、芸能養成学校の寮に案内された。

翌日から早速レッスンが始まった。歌のレッスン、ダンスのレッスンと基礎訓練などハードなスケジュールが組こまれた。それが半年以上に渡り続いた。

「お〜い美咲、お前のオーディションが決まったぞ。これに合格すればお前は一応歌手になれる。頑張れよ」

なんと速い。たった七ヶ月でオーディションが受けられるなんて、しかし考えて見れば当然かも知れない。ただ飯を喰わせて遊ばせておく訳にはいかない。プロダクションは早く元を取りたいのだろう。でないとスカウトした人の首が飛ぶ世界。どこに目を付けて拾ってきたんだと、どやされるだろう。

「ハイ、ありがとう御座います」

私は何がなんだか分からないままテレビ局主催のオーディション番組に出る事になった。なんと驚いた事に私は準グランプリに輝いた。喜びも束の間、後で聞いた話だが、これは仕組まれたものだったらしい。そんな事とは知らずに当時の私は、歌が上手いから準グランプリに輝いたと喜んだものだ。最初から私は何かの賞が決定していて、それを機会に売り出す手はずになっていたらしい。大手芸能プロだから出来る裏技なのか？

本名、矢崎美咲。身長百六十七センチ。顔は面長で、目鼻は人形のようにクッキリしていた……らしい。例えば鉱山でルビーの原石を発見したとして、それがルビーなのか素人には、ただの石コロにしか見えない。しかしプロが磨きを掛け仕上げれば見事に美しく輝く、それが今の私だった。確かにスタイルも悪くないようだ。それにしても私が何故選ばれた？　理由はどうでも良い。若い女性なら誰でも一度は夢を見るスターへの道。たとえ私が作られた人形でも今はそれで良い。私は磨かれたフランス人形。但し感情を持たない操り人形。

更に四ヶ月の特訓が開始され、歌手としての基礎を学びデビューに備えた。そしてついに夢にまで見た歌手デビュー。それからと言うもの私は、あっと言う間にスターダムに駆け上った。殆ど本名、矢崎美咲に近い歌手名、矢羽美咲（やはねみさき）としてデビューして、テレビ番組の出演が多くなり寝る時間もなく忙しくなり、ちょっと可愛いだけで私は、あっと言う間にアイドルになった。一年半も経たないうちに私は世間に知られるようになっていった。まだ一年半、まさか本当に歌手になったとは信じられない。だからどんなに忙しくても楽しかった。

母や兄は喜んでくれているだろうか、夕張を思い浮かべている暇も与えられないほどのスケジュールがビッシリ詰まっていた。

「ミサキちゃん、明日は福岡だからね。羽田空港まで今の内に寝ていな」

寝るといっても蒲団じゃない空港に向かう車や飛行機の中だ。それから二年間、休みは年に三日あったのだろうか、スターともなれば莫大な収入があると思われるだろうが私の報酬は月給制で三十万円、税金と保険料を差し引かれると手取りは二十四万程度にしかならない。

それでも普通の女性の月収に比べたら高いと思われるが、年間労働日数三百六十日超で一日の休み時間は最高で六時間の睡眠をとるだけだ。つまり十八時間超労働となり、とても高い給料ではない。普通の人の倍の時間を働き更に休みもなし。三十万も倍働くから実質十五万以下だ。もちろん金を使う暇も与えられないから給料はそっくり残った。その半分を実家に仕送りする日々が続いた。そして私の悪夢はここから始まった。

流石にスカウトの目が確かだったのだろう。私を七百万で仕入れ早くも何百倍何千倍もの利益を得ているだろう。私はそれに対して、もっと給料を上げてと言える立場にない。そういう契約なのだから。ただ私が喜べるのは歌手として世間に知られた事だ。

やはり私は唄う人形なのか、七百万で買われた人形は着せ替え衣装を着せられてステージで唄うのだ。感情を持たない人形……いや持たせて貰えない操り人形。正直、私の歌はなぜヒットしたのか分かるはずもない。全てがプロダクションで決めて、私は言われた通りテレビに出て舞台に立って唄う。それが二年以上も続いた。流石に私も疲労が蓄積され二度ほどステージで倒れた事がある。それでも病院で点滴を打ち夕方にはまたステージに立っていた。疲れたから休みたいなど論外。そんな事でも言おうものならこっぴどく叱られる。七百万先払いしているんだから文句を言うなと言われる。だから無理して働いた。

しかしついに私は過労で倒れてしまった。思った以上に病状は重く、半年の入院生活が続く。最初はマネージャーなど付きっきりで側にいてくれたが、三ヶ月が過ぎた頃から事務所の人は滅多に顔を出さなくなった。やっと私は退院出来たのだが事務所の対応は冷ややかなものだった。半年のブランクは余りにも大きく、ポッと出のアイドルは忘れ去られていた。事務所から見れば商品価値の無い、ただの厄介者になっていた。

ここは私の所属する大手の芸能プロダクション。退院した私は事務所に顔を出した。大勢の人が電話で話している。またパソコンの画面と格闘している者、商談中の人達など、だが誰もが私に無関心を装う。以前には無かった待遇に違和感が漂う。今まで宝石を扱うように接してくれたのに、いったいこの様変わりはなんなのだ。それから一週間過ぎても仕事がない。

「どうして私に仕事を与えてくれないのですか」

「仕事したくても、オファーが来ないんだから仕方がないだろう」

「そんな！　半年前はあんなに忙しかったのに私の歌を聴きたい人が沢山いるでしょ」

「自惚れるんじゃないよ!!　お前は本当に歌が上手いと思っていたのか？　あれは我々スタッフが必死で作りあげたアイドル人形だったんだよ。一度人気が落ちたらアイドルはお仕舞いなんだよ。それが芸能界だ」

「じゃあ私は歌が上手くて、人気が出たんじゃないと言うのですか」

するとマネージャーは雑誌をポンと事務机に置いた。そこには私の記事が載っていた。

（消えたアイドル矢羽美咲。作られたアイドル矢羽美咲は、元々歌は下手というのがもっぱらの噂になっていたが、長い入院生活で彼女は忘れ去られた。同事務所では矢羽美咲に代わり、今売り出し中の斉藤リナに期待を掛けている）

私には衝撃が大きすぎた。歌が下手な元アイドル歌手の成れの果て。それが今の自分なのだと悟った。二ヶ月後、私はこの芸能プロダクションから放り出された。

この芸能プロダクションも元は取ったからだと言う事だろう。確かに七百万もの契約金を貰ったが数十億円以上の利益をもたらした筈だ。しかし私はただの商品、何も言えない。

無職となった私でも、街を歩けば顔も覚えている人がいる。だが握手を求められるどころか『昔いたわね。歌の下手なアイドル歌手』遠目に陰口を叩かれる始末だ。

昔……半年たらずで昔にされた。そう私は夢をみていたのか、今ではワンルームで五万円のアパート住まい。まさか母にプロダクションを解雇されたと言えない。いやこのまま、おめおめと田舎に帰れない。しかしこのままでは貯金も使い果たして田舎に帰るか、浮浪者に落ちぶれてしまうか。アイドル歌手だった時のビデオ録画をテレビ画面に映してみた。今まで気が付かない事が見えてくる。チョッピリとセクシーな衣装を身に纏い、歌詞もテンポが速い曲に合わせるだけで、何か下手な歌を誤魔化しているように感じた。
あんなに脚光を浴びた私はいま、暗い部屋の片隅でひっそりと当時を偲んでいた。
今夜は何を食べようか……またお湯を注ぐだけのカップラーメン。落ちぶれた私が其処にいる。それでも私は事務所を放り出された事も狭い部屋に閉じこもりひっそりとしている事も夕張にいる母には言わなかった。でも週刊誌などで報じられているから知っているだろう。

何処で知ったか私のアパートに母から手紙が届いていた。私の芸能活動の事には一切触れず健康に気をつけなさいと、だけある。それも母らしい気遣いであるのだろう。急に故郷が恋しくなった。しかし……かつては夕張の救世主とも言われた私は、意地でも故郷には帰れない。

もう一度自らの力で、のし上がり這い上がるしかない。私はそう決めた。幸い芸能関係者の知り合いは多い、その中で私を熱心にレッスンしてくれた一人、作曲家の佐原徹(さはらとおる)先生の下を訪ねた。

「お～君か、長い間入院していたんだってな。一応は歌のレッスンしてやった仲だし病とは気の毒だ。教え子だし教えてやらん事もない。君にはポップスの基本を教えたが、私は本来演歌の曲が多い。しかし基礎は同じだ。それでいいか」

「ハイ、私は改めて知りました。あれは歌手じゃありませんでした。もう一度基礎から勉強したいのです。先生お願いします」

私は自費を出して佐原徹先生の下でレッスンを始めた。勿論自費と言っても高名な先生だ。今の持ち金ではとても足りない。だが先生は足りない分は出世払いで良いと優しく言ってくれた。一度は手がけた教え子を不憫に思ったのだろう。それは有り難い話だがそんなに甘えて良いものか。やせ我慢しても今は先生の情けに縋るしかない。きっといつかは何倍も恩返しをしたいと肝に銘じた。その佐原先生はレッスンの途中に、こんな事を言った。

「君の声は演歌に向いているね。少しテンポを遅くすれば声も伸びるし」

「えっ演歌ですか?」

演歌、考えた事もない世界だが、今までテンポの速い曲でなんとか誤魔化してきた。

私は選ぶ自由はない。演歌に詳しい先生がそうだと言われれば、その道を進むべきだと思った。歌は下手だがド素人でもない。一応は歌の基礎を学んできた。そのせいか一年少しで先生には、これならもう下手とは言われないだろう。と太鼓判を押されたのだが芸能界はそう甘くはない。一度落ちた歌手は誰が拾ってくれるのだろうか。

私は個人でデモテープを持って音楽プロダクションを廻っても誰も応じてくれないだろう。こうなれば佐原先生の情に委ねるしかない。佐原先生は七十歳とこの世界では大御所と言われるだけあって数々のヒット曲を生み出したベテランの作曲家であるが、昨今は演歌もなかなか受け入れられないのが現状。果たして万が一、演歌歌手として再デビューしたとして成功するのか不安は大きかった。

そこで恐れ多くも先生に提案を出した。古臭い昔の演歌は今では通用しないそれなら大衆はどんなものを求めているのか、私の考えはこうだ。ジャズのように激しくもありポップスのようにテンポ良く、ブルースのようにしっとりした曲ならどうかと提案を出した。

レッスン室の中央にピアノがあり、その片隅にテーブルと椅子が四脚置かれている。

先生はその椅子に腰を掛け、紅茶を啜りながら私の話を聞いていた。

私は先生に怒鳴られる事を覚悟していた。ところが予想に反して先生は。

「ほうそう思ったか、私も考えていた事だ。だがいつも要請してくるのは古い昔気質の曲ばかりでなぁ時代が変わるのなら、我々も変わらなければと思っていたところだよ」

「え！　本当ですか？　私はてっきり叱られる覚悟していました」

そう言って舌をペロリと出す自分がいる。まだアイドル時代の名残が残っていた。

「ところで君は生活費どうしているんだね。貯金があるかも知れんが……」

自分でもそろそろ貯金も底を突きかけていた。かと言ってアルバイトしたいが下手に顔が知れている為、アルバイトも難しい状況だった。それを察するように。

「どうだ。私の所で働くか。雑用だけど私も助かる」

「えっ宜しいですか？　そうして頂けるなら本当に助かります」

全てが見抜かれている。しかし有り難い話だ。良かった優しい先生に出会えて。

先生は新しい曲作りに乗り出した。若い私の意見を取り入れながらの曲作りだ。更に二ヶ月が経過、私はもうすぐ二十四歳を迎えようとしていた。そして出来上がった曲は作詞家と相談して（微笑むだけ）と決定した。曲は勿論だが歌詞もいい。私も気に入っていた。私はこの曲に賭ける。詩を理解ししっとりと唄った。先生はいいねぇ、これで勝負しようと言ってくれた。

先生も作曲家生命を掛けた戦いとなった。勿論私だって歌手生命を掛けた最後の戦いでもある。これで駄目なら母の所に帰る。落ちぶれた自分をさらけ出しても歯を喰い縛り生きていくつもりだ。先生のレッスンのお蔭で歌唱力には自信が付いていた。もう下手くそと言わせない。私はプロ、もうアイドルではないが大人の歌を唄って人の心を掴んでやる。

第三章　再スタートへの道

もう終わりだと思った私を先生は見捨てずに拾ってくれた。都会に出て六年目で初めて人の情と温もりを感じた。私はそんな先生の為、そして自分の為に必死でラジオ局を廻った。地方のローカル放送、有線放送と、またレコード店へも足を運んだ。知る限りの局を廻り売り込んだ。

「確か貴女は矢羽美咲さんとか言ったね。次は演歌なの……売れるとは思えないけどねぇ、歌もあまり上手く……いや失敬。まあ昔のよしみだ。その辺に置いていきなよ」

歌は下手なんだろうと言いたかったのは分かっている。言われても仕方がない。事実下手だったんだから、分かってはいるが一応歌手の端くれ、屈辱以外の何ものでもない。

曲をラジオで流してくれる保証はどこにもないが、デモテープを置いてくれるだけマシな方だった。たいがいは門前払いだ。売れている頃は『人気歌手、矢羽美咲さんご来店』など店先にノボリまで立てる。応接室に通してケーキと紅茶など出してくれたものだ。掌を返すとはこの事かも知れない。芸能界は売れてナンボの世界だ。それを改めて思い知らされた。

悔しい、空しい、切ない、哀れ、屈辱どれほどの形容詞を並べれば良いのだろうか。今の私には総てが当て嵌まる。街を歩けば顔だけは知られているようで決まって陰口を叩かれる。コンビニでカップラーメンを買う私を、みんな哀れな目で見ている。恥ずかしくて外にも出られない。変装して、そっと隠れるように買い物に出掛ける情けなさ。夕張にいた頃の私なら誰もが普通の事だ。だが一度は芸能界で脚光を浴びたプライドが私の心の底に残っている。もう普通の娘に戻れないたとえOLになろうとしても、やはり落ちぶれたアイドルとして付き纏うだろう。後戻りの出来ない私がいる。今思えば、あの原宿でスカウトされ、兄の交通事故で私の人生は一変した。兄も交通事故に遭う事がなかったら、私は夕張の何処かの会社に勤め、恋して青春を楽しんでいたのだろうか。でも下手に世間に名前と顔は知れ渡った。落ちぶれても私の顔だけは指名手配犯のよう知れ渡っている。

今年も、もう年の瀬。クリスマスイヴの夜だ。街を歩く人々はみんな楽しそうに見える。あるカップルが腕を組んで歩いている。思えば私は恋も知らない、それどころか悩みを打ち明けられる友人もいない。忙しくて友人を作る暇さえなかったあの頃……孤独……今年は部屋の片隅でひっそりとショートケーキを一個買ってテレビを観ている。画面には当時ライバルだったアイドル歌手が唄って踊っている。彼女は私が病で入院している間に伸し上がってきた後輩だ。まだ彼女は売り出し中で「先輩よろしくお願いします」と頭を下げた彼女。今では立場が逆転した。それどころじゃない私は先生の下宿先で、ひっそりとテレビを見ている。この差はなんなの！　私はテレビのスイッチを切った。私はそのまま蒲団を被ってすすり泣きをした。

時々母が心配して手紙をくれるが、私は元気と返すばかりだ。今では仕送りも出来ない、それどころか食べる物さえ苦労している始末だ。それを不憫に思ったか先生は時々ご馳走してくれる。事務所の雑用係の他、世話になったお返しも出来ない私は先生の家の掃除や身の回りの世話を買って出た。しかしお手伝いさんもいる事だし大した役にはたっていない。でも誠意は受け取って貰えたようだ。かれこれ駆けずり廻り半年の月日が過ぎて、私も先生も流石に溜め息をつくばかりだ。そんな私を不憫に思ったのか数年前はやり始めた携帯電話をプレゼントしてくれた。孤独の私の最高の贈り物だった。

そんな日の夜、自室で夕食を食べている時だった。携帯電話が鳴った。珍しく母からだった。だが母は一言も言わず、すすり泣く声がするばかり。

「母さん？　どうしたの。ねぇ何があったの」

「……あのね……兄ちゃんが自殺したよ」

「え！　そんな、どうして。どうしてなの！」

またしても不幸が襲った。片足を失った兄が将来を悲観して自殺してしまった。

私は売り込み活動を中断して急遽夕張に帰った。

泣き崩れる母を支え、私は告別式の喪主として立っていた。本来は母がするべきであるが、とても今の母にはショックが大きいようで喪主の役目が務まらない。私がやるしかなかった。

兄の死は本当に辛かった。それとここでもやはり落ちぶれたアイドルは空しい。友人や知り合いに合わせる顔がない。兄の不幸がなかったら帰る事はなかったのに。

高校時代の友達数人だけは励ましてくれた。

「美咲、病気で歌う事が出来なかったのでしょう。プロダクションも薄情ね」

「でも、美咲。私達は応援するからね。唄う事も出来ず。お兄さんも亡くなりどん底だと思うけど、これ以上悪い事は続かないよ。頑張って」

「ありがとうみんな。今ね、昔世話になった先生にレッスンを受けているの。売れるか分からないけど、最後の勝負をするつもりよ」

友人の励ましは嬉しかったが夕張の街では私の噂が広がっていた。

「えっ矢羽美咲が帰って来ているの」

「なんでもお兄さんが自殺し兄妹揃ってついてないわね。妹は忘れ去られたアイドルか」

「一時は地元の英雄と持てはやされたけど哀れよね」

私はジッと耐えた。母に東京へ行こうと誘ったが、母は父と兄が眠る故郷を離れる訳にはいかないと、頑として応じなかった。

「美咲、お前だって悔しいだろう。一度は世間に知られる歌手になったんだ。最後まで諦めず頑張りなさい。母さんは知っているよ。どんな思いで帰郷したか、母さんの心配はいいからもう一度、世の中を見返してやるんだよ。母さんは又お前の歌がテレビやラジオで流れる事を祈っているよ」

「ありがとう母さん。何も親孝行出来ない私を許してね。私きっと復活してみせるから」

それでも私は再び這い上がろうとしている。今では恥ずかしくて夕張の街も歩けない。あんなに帰りたかった夕張の街も今は色あせて見えた。私は逃げるように東京に帰った。

最終章　返り咲いた美咲

あれから六年半の歳月が流れていた。十八歳で高校卒業と同時に芸能界への世界に入り一年弱でテレビの画面に私は出るようになった。そしてあっと言う間にスター街道へ、しかしそれもつかの間、芸能界とは恐ろしい所だと嫌というほど骨身に沁みた。

二十五歳になり更に半年が過ぎた頃、有線放送で私の曲がリクエストされるようになった。何度も門前払いをくらい、歌の下手な元アイドル歌手とあざ笑う者達への口惜しさを耐えて廻った。しかしそのデモテープは捨てられずやっと陽の目を見た。やっと努力が実り先生の作曲した私が唄った曲が日の目をみた。

私が売り込んだ曲は（微笑むだけ）これまでの演歌にはないメロディーで、しっとりと聞かせてくれる。誰が唄っているのだ。いいねぇこの歌は。そんな声が聞こえてくる。

私は先生の下に駆けつけた。先生は喜んだ。私の為でもあるが自分の新しい曲が大衆に受けた事を。七十一歳にして新しい道が開けた事に先生は涙を流して喜んだ。

一度注目を浴びると芸能界は動くのが早い。レコード会社は早速専属契約を結びたいと申し出てきた。それを機に毎日のようにラジオから（微笑むだけ）の曲が流れる。だがまだテレビで唄った事はない。これもレコード会社の作戦、しかも歌手名を出さない。そうなると世間は騒ぐ「誰が唄っているんだ」と噂が広がる。その翌年　再デビュー曲「微笑むだけ」はヒットチャートにのるようになった。更に（微笑むだけ）の歌手がテレビで生出演すると大々的に宣伝した。興味を惹かれたファンはその晩テレビに釘付けとなって視聴率が四十パーセントを超えたという。矢羽美咲はテレビ画面に現れた。実に五年ぶりの事だ。

「あっあれは元アイドル歌手の矢羽美咲じゃないか。へぇ演歌を唄うんだ。こんなに歌が上手かったのか、苦労したんだろうな」

ヒットしたのは勿論一番嬉しいのだが、矢羽美咲は演歌歌手になって一皮剝けて歌が上手くなったと言われた事が何よりも嬉しかった。

♪「微笑むだけ」

愛しくて　愛しくて　苦しいほど
貴方の存在が大きすぎて
私の存在は貴方にとって　なんなのですか
貴方はそれを教えてくれない
いつも貴方は　優しく微笑むだけ

微笑んで　微笑んで　そう囁くほど
貴方の心を知りたくなる
その眩しいほどの　瞳の奥には何があるの
貴方はそれを　教えてくれない
いつも貴方は　優しく微笑むだけ

私の所属する事務所は、佐原先生の息子さんが経営している小さな音楽事務所を窓口として公演などを取り行い、他の事はレコード会社に任せた。ＣＤが売れれば著作権の他に先生にも利益がもたらされる。私も少しは恩返しが出来る。そして何よりも嬉しいのが以前と違って月給制ではなく売上の数％が入る事だ。勿論リスクもある。売れなければ一円も入ってこない。しかし売れれば莫大な金が入ってくる。そこは芸能界の怖い所と美味しい所だ。

これでまた母に楽をさせてあげられる。苦労した母にも親孝行が出来る。たった一人で父と兄の眠る夕張で私を励ましてくれた母。私の心の支え。その母を幸せにしたい。

私は難しいと言われる新演歌で返り咲いた。今は歌の下手な可愛いだけのアイドル歌手じゃない。佐原先生の励ましと、どん底に落とされた悔しさをバネに這い上がった。

アイドル時代になかった私個人のリサイタルショーも実現した。

短いスカートと可愛さだけで売れた頃とは違い、ファンは私の歌を聴きに来てくれた。演歌＝着物が定番とされていたが、私はドレスで通した。新しい演歌をイメージする為に。これで四曲目の新曲も、まずまずの売れ行きとなった。以前に増して歌が上手くなった。それこそプロ歌手だ。私は近づきつつある。その二年後、最大のヒット曲が生まれた。それは（母のメロディー）母に捧げる愛の歌だ。これは人々の心を打った。私は二十七歳にして日本レコード大賞、最優秀歌唱賞に輝いた。

思えば歌の下手なアイドル歌手として、世間から嘲笑われるように消された歌手。今ここに実力でのし上がった。誰もが認める歌の上手い歌手と評された。

これでこそ本物のプロ歌手。そして今年の紅白歌合戦に出場が決まった。

日本で一番注目を浴びる歴史と格式の高い番組だ。私は真っ先に母に電話をした。母は電話の向こうで嗚咽を漏らして泣いていた。今度こそ私は名実ともに歌手として認められる。プロ歌手として最高の勲章だ。テレビ番組出演が増えると、矢羽美咲リサイタルショーも超満員となった。


此処まで上り詰めれば名実共に一流歌手としての仲間入りが出来た。それと共に収入も桁違いに入るようになった。今では高層マンションに住居を移し専属のマネージャーが車で送り迎えをしてくれる。出来れば母を呼んで一緒に暮らしたい。

あのアイドルの頃と同じように忙しくなった。しかしまた体調を崩して入院では元も子もなくなる。長期入院して出てきた頃には忘れ去られる、あの恐怖がトラウマとして甦る。そこは佐原先生の息子だ。キチンと健康管理を考えたスケジュールを考えてくれる。更に月一回の健康診断を行う徹底ぶりだ。

夢の舞台、紅白歌合戦。母をその席に座らせたかった。出来るなら父と兄の遺影を持って私の歌を聴いて欲しかった。だが最近は母も年のせいか体調が悪いらしい。

母に逢いに行きたいが芸能人の宿命、ギッシリ詰まったスケジュールに穴を空ける訳にはいかない。今や大物歌手と言われる存在までに這い上がった。これも総て佐原先生とその息子さんが経営するプロダクションのお蔭だ。感謝しても感謝し切れない。

今や父のような存在の佐原先生であった。こうして私は念願の故郷公演が実現される事になった。

矢羽美咲夕張チャリティーコンサートと題して、その収益金を市へ寄付する為のものだ。これで少しは故郷に恩返しが出来ただろうか。夕張頑張れ、私も頑張るから。夕張市は最大十万人以上の街だった。そして夕張炭鉱が閉山してから人口は減る一方、ついに人口が一万人を割った。町でさえ一万人以上あるのに。それでも夕張市となっているのが不思議だ。でも私も家族も夕張で生まれ育った。こんな私でも少しでも役に立ちたい。その夕張も間もなく冬を迎える十一月末の事だ。そして一ヶ月後、夢にも思わなかった紅白歌合戦の出場が控えている。

夕張の会場も超満員となった。母は車椅子に乗って介護人と一緒に特別席に座っている。いまこの街は夕張と言えば夕張メロンその次が矢羽美咲だと街の人は言っているそうだ。有難い事だ。兄が亡くなった時、葬儀に私が立っていた。この時は落ちぶれたアイドルのなれの果てと陰口を叩かれたのだ。それがどうだ。百八十度変わって英雄扱いだ。改めて世の中の怖さも知った。過去はもういい、私はプロの歌手として生きていく。

幕が開くと今までにない温かく熱い拍手で迎えられた。大勢の友人も駆けつけてくれている。だが最愛の兄と父は母が持った黒い帯に包まれ笑顔で写真に収まっている。母の膝の上で私を見ている。思わず私は涙が毀れそうになった。

しかし私はプロ歌手、感情を抑え込み静かに唄いだした。誰もが感動してくれた。私はアイドルではない。歌を聴かせてお金を取るプロの歌手だ。最後の曲を歌い終わると誰が計画したのか司会者が、母の名前を読み上げ介護人と共に車椅子に乗り舞台に上がった。更に司会者は続けた。

「皆さん、我が夕張が生んだ大スター矢羽美咲さんのお母さんです。盛大な拍手をお贈りください。そしてコンサートの売上は総て市に寄付される事になりました。その目録がいまお母さんの手から市役所関係者に手渡されます」

会場は割れるような拍手に変わった。こうして私は夢の夕張公演を終えた。

母を舞台に上げたのはどうやら佐原先生の配慮だったらしい。夕張公演の前に先生は介護施設を訪れて、私の苦労話やプロ歌手の根性を語って聞かせたそうだ。母は、美咲はそんなに苦労したのですかと泣いていたそうだ。

今年もクリスマスイヴを迎えた。数年前にショートケーキを一個買って狭い部屋で泣いた事が蘇る。ライバルのアイドル歌手がテレビの画面に映っていた。悔しくて惨めで私はテレビのスイッチを切って一晩泣き明かした事を思い出していた。その私は今そのテレビ画面の中で唄っている。

有料介護施設にいる母に電話したのは大晦日の三日前である。

「お母さん体調はどう？　紅白をテレビで観てね。今回は母さんの為に唄うから」

「ああ、母のメロディーだろう。母さんは嬉しかったよ。逢えなくても充分親孝行さ美咲は。父さんも兄ちゃんも、きっと天国で喜んでくれるよ」

「うん、ありがとう。母さん……少し声に元気がないけど？」

「なあに少し風邪をひいただけさ。お前こそ病気するんじゃないよ。ファンや皆さんに迷惑かけるんじゃないよ」

「うん、大丈夫。きっと母さん私の歌を聴いてよ。母さんの為に私が作詞した歌よ」

母はもう長くはない事を知らされていた。覚悟は出来ていても母は私の総てだった。

大晦日の夕方を迎えていた。出場者に関係者などＮＨＫホールの舞台裏は慌ただしい。

私は本番に備えて発声練習をしていると、私の専属マネージャーが青白い顔をして私の側に来て小声で囁いた。

「美咲さん。こんな時に言って良いか迷いましたが。やはり伝えなくてはなりません」

「……お母さんが亡くなったのね。そうでしょう」

私は察しがついていた。マネージャーにお願いだから暫く私を一人にして、と訴えた。

一人になると私は、その場に泣き崩れ大声で泣いた。外にも聞こえるほどに泣き叫ぶ。

泣かずにはいられなかった。今泣かなくていつ泣くの。

「とうとう私の家族はみんな天国に行った。どうし美咲だけ置いて逝くの？」

知らせを聞いた先生や関係者達は、部屋の外で唇をかみ締めていたが、マネージャーに誰も入れないでと釘を刺されていた。二十分後、私はドアーを開け、もう大丈夫ですと伝えて歌手矢羽美咲に戻りステージに向かった。

私は夢の舞台に立った。日本で一流の歌手が出揃った中に私がいる。司会者に紹介され私はスポットライトを浴びる。

「では今や新演歌の実力者、矢羽美咲さんです。今年もっとも売れた曲。故郷の母を偲ぶ歌、夕張の母と全国の母に捧げる、母のメロディーじっくりとお聴きください」

会場から湧き上がる大歓声、出場歌手からも拍手を貰い私はステージの中央に立つ。なんとこの曲はドラマの主題歌にもなり誰もが知っている。

イントロが流れ私の心は集中してゆくと、会場は静まり返り私は唄い始めた。

♪「母のメロディー」

囁きが聞こえる　恋の囁きが
それは遠い昔に　母が唄った恋物語
幼き日の　春の麗らかな日の縁側で
子守り歌を唄う　母のメロディー
いつも祈ってくれた　その温もりが
母が私の為に唄う　愛のメロディー

川のせせらぎが　聞こえるその音は
きっと母が父と　恋に青春を燃やした頃
遠いあの日を　懐かしみ聴かせてくれた
子守り歌を唄う　母のメロディー
母の愛のハーモニーが　今も心に残る
私を支えてくれた　母のメロディー

本当は何もかも投げ捨てて母の下に行きたかった。母は私に何度も言っていたプロの歌手になった以上、母さんは覚悟しているよ。お前もプロなら立派に唄っておくれ。

母の遺言とも取れる言葉が頭から離れない。私はプロ。ファンの前で泣き声の混じった歌を聴かせる事は許されない。あの苦難があるから今の私がいる。

込み上げる涙を必死に堪え私は唄いきった。私の代わりに佐原先生や関係者がステージの奥で涙を流してくれた。

もう家族はみんな亡くなった。父さん母さん兄さん聴いている？　私は立派な歌手になったと思う？　これからも泣かないよ。代わりに私の歌声でファンを泣かせたい。

私はプロ、そうプロ歌手の矢羽美咲。

了

資源は力なり　（吉永灯美子の妄想）

長年政権を握っていた巨陣党がついに政権を奪われ、薬瑠都党が悲願の政権に就いたのは良いが、コロコロ毎年のように首相が代わっていった。

中には半年持たないで首相が代わる。これはもう世界の笑い者である。誰がやってもどんぐりの背比べであった。世界でも日本の回転寿司は有名だが、それを皮肉って世界は回転首相と呼ぶそうだ。

力のあるリーダーのいない日本は経済も立ち直れず、ついに国の借金が天文学的な一千三百兆円近くにも膨らんだ。時は西暦二〇三〇年になり怒りの収まらない国民は、千人のデモ行進から始まり一週間後には十万人に膨れ上がり、やがては日本全土に広がりその規模は百万人を超え、ついに薬瑠都党は総辞職寸前になった。

そんな折、テレビでは政治討論が生放映された。

「えぇーでは此処で特別ゲストとしてお呼びしました。今や押しも押されもせぬ大女優として芸能界に君臨する吉永灯美子(よしながひみこ)さんです。今の政治の在り方についてお伺いします」

大女優として朝の政治討論番組の司会者に紹介された吉永灯美子は、クスッと笑ったが大女優と言われ否定はしなかった。

日本の女優にしては眼がきつい。これは決して妥協せず己の意志を貫く持ち主に多い。それでいて気品があり、知的で美貌の持ち主であった。

男でも叶わないほどの強心臓の持ち主であると共に自信家であり、こう言った政治論は下手な国会議員も歯が立たない。

「そうですね。政治家でもない私が語るのもなんですが、もはや今の政治では日本はギリシャの二の舞になりかねませんね」

それを聞いた薬瑠都党幹事長、真中哲人が噛み付いた。

「それは吉永さん聞き捨てなりませんなぁ。我々は寝る間も惜しんで日本経済を立て直しに掛かっているのですよ」

「あらまぁ。そうなのですか？　それなら何故国民があれだけ騒いでいるのですか。もはや薬瑠都党は終わっていますよ」

終わっている発言に真中幹事長は怒りを爆発させた。

「君～素人に何が分かる？　では君に今の数百万のデモを鎮める事が出来ると言うのか？」

吉永さんから、いきなりキミ呼ばわりとなり司会者も慌てた。この見下した発言に動じない灯美子は密かにほくそ笑む。すぐ頭に血が上る政治家だ。底が見えている。

「勿論、それだけの自信があるから言っているのです」

「ほう……それだけ大見得を切るなら、国民のデモを静められるかな。それが出来たら君を副幹事長クラスのポストとして迎えよう。但し当選してからの話だがフッフフ」

副幹事長と言えば聞こえは良いが筆頭、代理を除き二十人以上も居る。まぁ新人議員となれば仕方ないが役職は役職である。しかしこれも今回の選挙で当選しなければ水の泡と消える。あとは己の実力で上がれば良い。

「幹事長、その言葉に嘘はないですね。これは生放送ですよ。あれは勢いとか売り言葉に買い言葉なんて事は通用しませんよ。いいわ、私も約束しましょう。私が日本を変えると」

吉永灯美子は平然と言って退けた。この反響は大きかった。翌日の新聞は全てトップで報じられた。

もう今の政治は男に任せておけないと立ち上がった人気ナンバーワンの女優、吉永灯美子であった。灯美子は現在四十歳。東大卒で地質学を専門に学んできた秀才でもあり博士号も取得している。元々、女優よりも政治家向きと噂された人物である。

映画の中でも時々、若き国会議員役で名演技は有名だ。ましてや東大出で頭も切れる。以前に巨陣党や薬瑠都党から出馬を頼まれた人物だ。だがこの時は若く政治家より女優に魅力があった。だが四十代に入り政治家も悪くないと考え始めていた。

そして有言実行とばかりデモ隊や国民に向かって呼びかけた。

「国民の皆様、わたくし吉永灯美子は沈みかけた日本を救います。女に何が出来ると言わないで下さい。某国では民主化運動指導者アウン・ノ・コキュー二世氏が国を変えようとして一旦政権を取ったのですが、軍が反乱革命を起こし、失敗しております。だが私はやります。私にはある構想があります。お約束します。私が日本を救います」

選挙が始まり薬瑠都党公認で出馬を求めたが敢えて無所属で選挙に臨んだ。借りを作りたくないのと誰の手を借りなくても当選出来る自信があったからだ。

これは大きな反響を呼んだ。日本を救うと言い切りトップ当選を果たした。テレビ番組の政治討論、他の報道番組でも引っ張りだこになった。勿論、日本を救う根拠を聞きたいとテレビ局はこぞって報道した。その都度、彼女が国民に訴えた。彼女の一言は大きく実際デモに参加した群衆は彼女に賭ける事にし、ひとまずデモは鎮静化した。


よってテレビ討論でデモを鎮める公約は果たした事になる。そして公約通りトップ当選を果たした。当然、薬瑠都党も約束を果たさなければならない。彼女の人気は絶大であり、平和党としても救世主を迎えた事になる。

薬瑠都党は彼女に掛ける事にした。公約通り幹事長は彼女を副幹事長して迎えた。

彼女の人気は凄まじく半年後には副幹事長筆頭、一年後には真中幹事長を押しのけ幹事長の座へ更に一年後には何を血迷ったか日本初の女首相へと祭り上げた。このままで政権を奪われる。それなら絶大な人気を誇る吉永灯美子に託したのだ。

勿論、一部の議員や大衆からは、いくら頭が切れるからと言って弱冠四十代の素人に何が出来るのかと反対もあった。

しかし党の解体よりも国が崩壊する事が怖い、苦肉の作であった。国民は唖然としたが、ともかく彼女に期待を寄せた。その内容は驚くべき事だった。

「私が日本を変えます。日本の歴史をご覧ください。日本人は物を作り売る事で経済成長を成し遂げて参りましたが、もはやその時代は終わったのです。日本は国土が狭く資源がないと誰も資源を発掘しようとしませんでした。しかし忘れてはいませんか？　国土面積は約三十八万㎢世界で六十四番目に狭い国土であるが、だが我が国は全て周りを海に囲まれた国なのです。

その海域は国土面積の十二倍の四百五万㎢であり、これは世界で六番目となる。とても海洋資源に恵まれた国なのです。この海洋資源を何故発掘しないのですか？　私は宣言します。これより海洋資源調査として国家予算の十%弱つまり九兆円を注ぎ込みます」

国会は大騒ぎになった。これでは国民にこれ以上、消費税を上げるとは言えなくなる。

「首相！　何を血迷ったか知らんが今の日本経済にそんな余裕はない」

「あなた方は何も分かっていない。責任うんぬんとか保身に走っては何も生まれませんよ。私は地質学者であるのです。自信はあります。良いですか今は下町の工場でも資源探索を自費でやろうとしているのですよ。千葉県沖二百キロの地点に八千メートルの海底にボーリング計画を立てているのですよ。なぜ国は何もしないのですか、今では中国、韓国にも日本企業は押されて風前の灯じゃありませんか。今こそ世界六位の広大な海原から海洋資源を発掘するのです」

「首相！　可能性はどのくらいあると、お思いですか？　ましてや九兆円も資源発掘に何処から捻出すると言うのです。失敗したら税金の無駄使いどころの騒ぎじゃありませんよ。そうなったらどう責任を取るのですか」

「責任うんぬんとか失敗なんとか言っているから計画は前に進まないのです。それなら作れば良いのです。日本には宗教法人など税金を払わなくても良い団体があります。勿論、この団体でも個人となれば税金を払いますが、お布施、お賽銭、寄付金など収益の分からない物があります。何よりも訳の分からない怪しげな宗教法人もあります。よって私は法の改正を行い国が認めた宗教法人及び、それ以外も宗教法人制を廃止し利益団体として宗教税を導入します。勿論、宗教団体により税率は異なりますが」

これに怒ったのが宗教団体からなる孔命党であった。しかし吉永首相はたった三ヶ月でこの法案を可決させ年間九兆円を宗教団体から吸い上げた。

これは国会議員のみならず国民まで唖然とさせられた。九兆円が浮き誰もが反対しなかった。確かに大きな賭けではあるが望みはある。これには与党からも喝采を浴びた。

「流石は吉永首相、国家予算ではなく上手い所から引き出しましたね」

「ご賛同感謝します。良いですか？　なんの根拠もなく九兆円もの税金を注ぎ込むと思っているのですか。既に何千人もの専門家チームで調査を進めています」

「では海洋資源は必ず出ると仰るのですか」

「はい約束しましょう。上手くいけば投資した税金の百倍、いや天文学的な利益を齎す事を」

確かに強気な女性である。この首相なら何かやってくれる、そんな声が聞こえるようになった。現在日本には海洋調査船なるものは民間合わせて数百隻しかない。その内半分以上は漁業に関連したものであり海底資源と無縁のものだ。そこで海洋調査船を十倍にも増やした。

政府は地質学者、海洋学者等を総動員して、日本にある全ての海洋観測艦に南極観測船、自衛艦まで投入した。


それから二年、首相官邸に第一報が入った。

「新潟県沖から九十キロ地点で油田を発掘、かなりの規模の埋蔵量が予想されます」

それから続々と朗報が飛び込む。津軽海峡でレアアースを発見。

また八丈島近海でメタンハイドレートまで発掘した。連日のニュースで国民は歓喜した。

三年程前は政党批判で全国規模のデモが繰り広げられたが、今度は違う。日本の救世主、美しすぎる首相と持て囃され祝福のデモならぬパレードが繰り広げられた。

某国の英雄指導者アウン・ノ・コキュー氏が政界で注目されているが、今日では彼女に並び美貌の救世主と呼ばれるようになった。

国会周辺を取り囲む群衆はヒミココールが鳴りやまない。

その光景をみて吉永灯美子は握りこぶしを作り「やった」と叫んだ。

それから更に半年後。続々と吉報が入った。宇宙からは人工衛星で海洋調査を始めていたが、ついに天然ガス田を発見。海からも陸からも日本は膨大な資源を手にした。

マルコ・ポーロの『東方見聞録』によると莫大な金を産出し、宮殿や民家は黄金で出来ていて財宝に溢れている国、それがジパング（後の日本）と紹介している。ついに黄金の国ジパングの復活であった。

この朗報に国民は沸き上がった。日本には資源がないと歴代の首相は海洋調査に力を入れなかった。まったくではないが、年間予算の一割も注ぎ込むなんて無謀な事はしなかった。

失敗したら歴代首相でもっとも罪深き首相としてレッテルを貼られるのを恐れたからか？　資源輸入国が一転、輸出国へと生まれ変わった。

これで国の借金一千三百兆円も二十年以内に返済の見込みが立った。

その点、怖いもの知らずで、強気の吉永灯美子は成功した。成功なんてものではない吉永灯美子はどん底の日本を救った。それから更に三年後、消費税は廃止、全ての高速道路は無料化。石油産出国となった日本はガソリン税も廃止。いずれ医療費も無料化する予定だという。老齢年金は六十歳から全ての国民に最低月額三十万円を約束した。国民は喜んだ。安心して老後を暮らせると。今や無職者は、ほぼゼロ状態となり日本経済は世界一へと躍り出た。

強気の吉永灯美子は首相になって六年、今や日本の女神様と言われ誰も逆らう者はいない。少子高齢化問題も心配ない。将来の不安も解消され今や若い夫婦で子供三人以上が当たり前の時代になった。これで少子化も止まり日本も安泰である。

こうなると、とどまる事を知らない吉永灯美子は眠らせていた構想の実現に向かった。

「国民の皆さん、今日本には少なくても三つの領土問題があります。不当に占領された北方領土、竹島。実質的にロシア、韓国に支配されたも同然。そして尖閣諸島においては恐喝にも等しい揺さぶりを仕掛ける中国、これは日本の国が弱いからです。しかし今の日本は資源が豊富で世界一の資源大国と経済大国と二つもの世界一の称号を手にいれました。資源は力なり強い日本を復活させるには他国以上の軍事大国でなくてはなりません」

これを聞いた国民は、あんぐりと口を開けるだけだった。とうとう本性を現したな、と野党議員が騒ぐ。今や独裁者となりつつある灯美子に逆らう者はいない。経済力に物を言わせ夢の構想を実現させた。その灯美子の野望とは、密かに進めていた核保有国として世界に宣言した。

勿論、アメリカとは水面下で進めていた事だ。中国の脅威に対抗するには日本も軍事大国になって貰わねば困るという事で合意した。

各国は経済制裁、それでも強行するなら国交断絶と迫ったが、しかしそれも予測済み、これも既に秘密裏に建造していた軍事力を公表した。国産初の原子力空母を一気に三隻も建造した。勿論アメリカ、インド、オーストラリアなどに密かに発注した武器や戦艦、戦闘機なども出来上がり、ここぞとばかりにぶち上げた。

有り余る金でついに日本は世界最高の軍事力を公開した。宇宙から攻撃出来る核弾頭ミサイルを配備済みである事。更に更に原子力空母二十隻建造中、原子力潜水艦二百隻、国産ステルス戦闘機五千機、自衛隊を廃止し百五十万人の軍隊とした。

驚いた中国、ロシア、韓国は領土主張していた島を放棄した。あの北の国に及んでは拉致被害者を全て帰し核兵器廃止を決めた。

「国民の皆さん、資源は力なり政治も力です。我々は勝利したのです。しかし八十年前の日本を繰り返してはなりません。今の日本の軍事力は世界一となりました。だが日本は世界平和の為に他国を攻撃するような愚かな事はしません。困った国には手を差し伸べます。しかし他国で紛争があれば力で抑えます。今やアメリカに代わり日本が世界の警察になるのです」

今や世界の政治家から、二十一世紀のヒットラーとか、サッチャー二世とか呼ばれるようになった。独裁者はいずれ滅びると言うが吉永灯美子は世界一素晴らしい政治家として各国から慕われている……いや恐れられている。

資源は力なり、金は力なり、軍事力は他国を黙らせる。吉永灯美子は日本いや世界の救世主なのか？　ついでに名前も卑弥呼と改名した。これで日本の象徴、卑弥呼女王が世界に君臨したのだ。それから半年後、同盟国を招待し大々的に軍事パレードを行う事になった。

しかし世界一の軍事国家の主が首相では貫録がないと改めた。

「万歳！　万歳！　卑弥呼大神天照皇帝」

なんか知らないが、神様より偉いような呼び名を付けたものだと各国首脳は苦笑した。

ヒミコダイジンアマテラスコウテイ？

「それはちょっと調子に乗り過ぎじゃないの」

「なんですって。卑弥呼大神天照皇帝の何処が悪いの？　それとも世界女王にしようかしらＺＺｚｚｚｚｚｚｚ」

「先生、起きて下さい。ニヤニヤしてなんの夢を見ていたのですか？」

「何って決まっているじゃない。私が世界を支配した……？　あれ此処は何処？」

「新人議員の控室ですよ。もしかして女優にまだ未練があったのですか」

「夢？　嗚呼～～～日本はどうなるの？」

了

黄昏の哀歌

夕闇がせまる街の公園はやがて日が落ち、薄暗い蛍光灯の灯りが、落ち葉を照らす。秋風に吹かれて時々、木の葉が舞う風景をジッと男は眺めていた。

年の頃は四十五歳前後と思われるが、なぜかベンチに座ってボーッとしている。

「枯れ葉か……俺とおんなじだな」男はそう呟く。

先程から何度も携帯電話を取り出しては、またポケットに仕舞う仕草の繰り返しだ。どう見てもサラリーマンのようだが、憔悴しきった顔に哀れみが漂う。

その男は吉原義則四十六歳、某商事会社に勤める係長だった。

だった、つまり過去形になる。吉原は会社を本日付けで解雇された帰りの事である。解雇予告は三ヶ月前に言い渡されていた事だが、その事を家族には切り出せなくて今日の日まで隠し通してきた。しかしそれもお仕舞だ。明日からは就職活動をしなくてはならない。妻になんと言って説明すれば良いのだろうか。吉原は妻の優子と小学六年生の友則と三人で古いマンションに住んでいる。古くても家賃は十二万円もする当時としては高級マンションの部類に入る。しかしこれからはもっと安い家賃のアパートに引っ越さなければならない。貯金だってそうある訳ではないし途方に暮れるのも無理のない話だ。

いつものように、ただいま！　お帰りなさい。そんな会話が交わされるだろうか。妻は勘が良く、すぐに自分に何かあったか表情や言葉で見抜いてしまう。その前に電話をして事の次第を伝え、妻へ少しでも負担を和らげるべきか。

家に電話を掛けようか迷っていたその時だ。携帯電話の呼び出し音が鳴る。相手は妻の優子だ。躊躇しながらも受信をオンにする。

「貴方、いま何処にいるの……長い間お勤めご苦労様でした」

「えっ！　どういう事？」

「バカね、貴方と結婚して十五年よ。隠したって分かるわよ。大丈夫心配しないで私も働くから、ゆっくり休んで。早く帰って来て。今夜の夕食は貴方の好物を用意してあるわ。それとも……」

なんと、優子は全てお見通しのようだ。しかもなんとも温かい言葉だ。

妻がパートに出ても、たかがしれているが、その気持ちが嬉しい。

妻が最後に付け加えた言葉は、

「それとも……今夜は好きなだけ飲んでらっしゃる、それで気が紛れるなら」

きっとそう言う意味だろう。そうと分かったら一刻も早く家族の顔を見たい。仕事を失っても優しい妻と子供がいるのだと。

そして今夜だけは妻の胸の中で思いっきり泣かせて貰う。

おそらく妻の前で泣くのは最初で最後であろう。

よし！　頑張るぞ。吉原は妻の言葉が身に沁みて嬉しかった。

吉原は駅に戻るついでにケーキを買い、それと自分の未来を占う為に発売中のオータムジャンボ宝くじを十枚だけ買った。

勿論、当たらないのは分かっている。それでも夢はあった方が希望を持てるというものだ。笑われるかも知れないが夢は三千円で買う事は出来る。もしかしたらと言う希望、当せん発表までの期間だけ夢がある。夢があれば就職活動にも気合いが入る。勿論外れるのは分かっている、確率は百万分の一にも満たないがそれでいい。

暗い顔をしてはいけない。いつも通り明るくマンションのドアを開ける。

妻の優子が温かく迎えてくれた。いつもより豪華な料理が並べてある。妻の心遣いが身に沁みる。可愛い息子もいつも以上に甘えてくる。妻が息子にそう伝えたのか定かではないが、家族という温もりに感謝したい。

その夜、息子が眠った後、吉原は優子の胸で子供のように声を出して泣いた。

「ありがとう優子、君の言葉がどれほどあり難く思った事か。明日からまた頑張る勇気が湧いたよ」

会社を首になり家長としての責任を果たせない虚しさ、世間に負けた悔しさがそうさせた。でも妻の励ましに勇気を振り絞って、翌日から就職活動に専念出来る。

言葉通り翌日から就職活動に専念した。来る日も来る日もハローワーク通い。

四十六歳の中年男には、そう簡単に良い仕事が見つかる筈もなく、やがて二週間が過ぎた頃、宝くじ売り場が目に留まった。

そう言えば宝くじを十枚買った事を思い出した。とうに発表は終わっているが確認だけはしたかった。

せめて一万円でも当たれば気休めになる。まだツキはあるじゃないかと希望が持てる。そして宝くじ売り場に立ち寄り調べて貰った。

宝くじ売り場ではオートチェッカーと呼ばれる機械が正確に当せん番号を弾き出してくれる。ところがその店員の顔色が変わった。そして隣にいる店員を呼び更に確認した。それから数分して周りに客がいなくなったのを見計らい、吉原に声を掛けた。

「おめでとう御座います。前後賞合わせて三億円が当たりました」

吉原は絶句した。まさか！　自分のツキを占う為に買った宝くじが??

神は我を見捨てなかった。途方に暮れた昨日までが嘘のようだ。吉原は何度も聞いた。

「本当に間違いなく当たったのですね」

店員は間違いないと太鼓判を押してくれた。

まさか信じられない事が起こった。この俺を神は見捨てなかった。これで家族を幸せに出来る。興奮する気持ちを抑えて、換金方法を尋ねた。店員は丁寧に換金の手続き方法を教えてくれた。すぐに妻に知らせようと考えたが、確実に金が入るまで伝えるのを我慢した。

吉原は何事もなかったように気持ちを抑え帰宅した。

「貴方お帰りなさい」

「ああ、ただいま。いい仕事はあったんだけどね。通勤に三時間では」

本当はそんな仕事はなかったが嘘をついた。

なんとか悟られまいと今日も誤魔化した。

数日後、吉原は印鑑に運転免許証と当たりくじ券を揃えて銀行に向かった。

通されたのは、噂では奥の部屋ではなく（億の部屋）と呼ばれる部屋。億単位の高額当せん者のみが通される通称（億の部屋）に案内されるそうだ。確かに一流企業の社長室を思わせる部屋だと思った。それでもまだ不安が残る。

お客様、申し訳ありませんが。なんて言われたらどうしようかと思った。

しかしそれも取り越し苦労。なんの問題もなく手続きが終了した。

「尚、お客様、口座に振り込まれるのは二週間程の時間を要します。勿論その時は現金でお持ち帰りも出来ますが重さにしたら約三十キロとなります。殆どの方は口座に入れます。お客様は当行の口座をお持ちですので、その口座に入金する事をお勧めしますが、如何致しましょう」

吉原は驚いた。三億円って重さ三十キロにもなるのかと、如何に凄い金額かと思い知らされた。勿論持って帰れる訳がない。

「はい、それでは口座へ全額お願い致します」

「承知致しました。それでは全ての手続きが完了しましたので最後にこれをお持ち下さい」

渡されたのは（宝くじ当せん証明書と、その日から読む本）だった。

「あの……この本は？」

「ああ、お客様がこれからどのようにお金を活用されるかなどのガイドブックですよ」

初めて聞いた。なるほど、その日（宝くじが当たった日）からか。これは面白い。高額当せん者（一千万円以上）のみが持てる本か。億万長者の仲間入りした証拠だ。


やがて二週間が過ぎ、総ての手続きが終わり吉原はカバンに一千万の札束を入れ我が家に帰った。就活の帰りは、いつも浮かない顔で家に入る。それが今日に限ってウキウキ顔で家に入った。もう芝居をする必要はない。優子はウキウキしている吉原の顔を見て、就職先が決まったと思ったようだ。

「貴方？　お仕事決まったのね。良かったは本当に……」

どうやら吉原が、いつになく明るい表情をしていたので勘違いしているようだ。吉原はどう説明しようかと迷ったあげく興奮気味に事実を告げた。

「いや違うんだよ。優子もっと凄い事があったんだよ。ほらこれを見てくれ」

吉原はカバンから十束の札束（一千万円）を優子の前に並べた。

今度は優子が絶句した。目を点にして札束と夫の顔を交互に見る。

「あなた……いったいどうしたの、このお金？」

「ほらっ俺が会社を解雇されショックを受けた時に君が励ましの電話をくれたじゃないか。あの時に嬉しくてケーキと運試しにジャンボ宝くじを十枚だけ買ったんだ。それが三億円当たったって訳さ」

まだ信じられない優子に、吉原は（宝くじ当せん証明書）と通帳に刻印された残りの残高二億九千万と記されていた通帳を見せた。

吉原は興奮しながら話を続ける。

「銀行に宝くじを持っていったらね。これは高額当選者しか知らない（億の部屋）という所へ案内されたんだ。そこで高額当選者だけが貰える小冊子を貰えるんだよ。ほら、これがそうだよ。この本はね高額当選者への心得みたいなものだよ。凄いだろう」

興奮していつになく早口で喋る夫に優子は暫く呆然としていた。吉原は優子が驚く顔を見て楽しんでいる。

「本当なのね……それでこれからどうするの？」

「そうだなぁ、もう就職活動も必要ないし君も働く事はないよ。そうだ大きな一戸建ての家を買って車も買おう。君と僕の車二台をね、外車がいいかなぁ」

吉原は有頂天になった。これで苦労を掛けた妻にも恩返しが出来る。そして息子も来年から私立の中学校に入れてやろうと喜んだ。

「貴方、喜ぶ気持ちは分かるわ。でも急に大金が入ったからと言って、無駄使いしては駄目よ」

優子は急に贅沢な暮らしをしたら、きっとすぐに使い果たして自分を見失うからと、いい顔はしてくれなかった。

だが吉原はすっかり舞い上がり聞く耳を持たない。しかしこの時点で（小冊子、その日から読む本）を忘れていた。人は大金が入ると己を見失う。お金をどう大事に使うか、そんな心構えの本だ。

「いいじゃないか。君には苦労を掛けた。そうだ海外旅行に行こうか。いや世界一周もいいな」

優子は呆気にとられた。完全に舞い上がっている。無駄使いしないで、いつものように平凡に暮らしましょうと窘めたが聞く耳を持たない吉原。

それから半年後、都内の外れに七千万の家を現金で買い、約束通り高級外車二台を買った。家具を買い替え諸雑費合わせて約一億円が消えた。

優子は国産の小型車で充分だと言ったのだが。君の為に買うのだと押し切られてしまった。

更に贅沢な暮らしが始まった。だが妻は吉原に苦言を述べるばかり。

「貴方は変わったわ。お金があるのは分かるけど、働かないと駄目になるわ。人生長いのだから、こんな使い方をしたら十年、いいえ数年で使い切ってしまうわ」

「心配するなって、俺はツキのある男だ。心配ないよ」

しかし吉原は毎日のように競馬場通い、なにかと言えば金が無くなったら考えるよと聞く耳を持たない。


ある日、妻の優子は（小冊子、その日から読む本）を読んで見た。高額当せん者が使い道を誤らないように書かれた本だ。まず大金が入っても、仕事を続け後でゆっくりと大金をどう使うか、細々と書かれていた。だが夫はロクに読みもしないで我を見失ってしまった。

平和な生活が出来ると思ったのも束の間、優子とは毎日のように口喧嘩するようになった。吉原は完全に人が変わってしまったようだ。

そしてついに恐れていた事が起きてしまった。

毎日のように窘められて堪忍袋の緒が切れてしまった。

怒った吉原は優子に不服があるなら家を出て行けと、慰謝料だと五千万の小切手を渡した。

「貴方！　まだ分からないの。お金は人を狂わせるわ。あんなに優しかった貴方は何処へ行ったの？　勿論お金は生きていく上で大事よ。でも人の心まで買えないのよ。もう私達はお仕舞ね」

優子は青ざめた。金は人の心を変えるのか？　いや金は使う人の心がけ次第なのにと。

「分かってないのは君の方だよ。慎ましく暮らすのが幸せなのか？　会社だってそうだ。不景気になると容赦なく切り捨てる。俺はその犠牲者だ。一生懸命働いても年収四～五百万前後だ。金さえあれば何もかも上手くいくんだよ」

「分かったわ、貴方は大金が入って変わったのね。貧乏でもいいの、貴方と力を合わせ平凡な家庭が私の願いなのに情けない……そんな貴方の顔はもう見たくない。実家に帰らして貰うわ」

互いに売り言葉に買い言葉の応酬で、収まりがつかなくなり優子は子供を連れて出て行った。買ってくれた外車は一度も乗っていない。怒りの表れだ。ただ五千万円の小切手だけは受け取った。吉原に無駄に使わせないためと、受け取る事により本気だと思わせる為だ。

この時点で義則が無駄使いした二千万円、妻の優子に渡した五千万円の小切手を差し引いて吉原の通帳残高は一億三千万と減少していた。

妻が出て行き更に吉原は荒れた生活をするようになった。

昼は競馬にパチンコ、夜はキャバクラ通いと荒んだ生活を歩む。でも吉原は楽しかった。気持ちにゆとりがある事がそうさせた。幼なじみの友達の耳にも入ったのか時々、声を掛けられる。

「よう義則。噂によると景気が良いそうじゃないか」

「貴広か久し振りだな。ああ新しく始めた仕事が上手くいって」

「ほう、お前商売始めたのか。大したものだ」

吉原は嘘をついた。大金が入り遊び歩いているなんて言えない。成金の無職者だ。なんか自分の馬鹿さ加減が浮き彫りにされたように感じた。

それから一年が過ぎた。無職だから、する事と言ったら金を使う事だけ。そして残りの金は一億円を切った。金は無限にあるわけじゃないのだ。

吉原は毎日遊び歩いたが、気が付いたら友達がいる訳でもないし、元会社の同僚とも負け組の男には誰も声を掛けなかった。キャバクラ通いも飽きてきた。

もてていると思ったのも金づる、吉原がもてたのではなく金が目当てだと。知人に諭され、流石に吉原はこれではいけないと思うようになった。

新築の広い家も、あっちこっちに物が散らかっている。独りぼっちの寂しさが空しい。家の中が静まり返り余計に寂しさが増す。

そうなってくると、やはり子供の顔を見たくなった。優子だって嫌いじゃない。細かい事をガタガタ言うもので、つい腹を立てただけだったのに……。

朝食はパンを買って来て食べ、夜は何処かのレストランで済ませる毎日が続いた。だが一向に働こうとしない。一年間働いて年収五百万、いや三百万稼げたら良い方だろう。どうしても億の金と比較すると働く気になれない。そんな自分を急に孤独が襲ってきた。寂しい、やはり人は独りぼっちでは生きていけない。子供と妻に逢いたい。

冬空に輝く星屑が哀愁を誘う。吉原は一千万した外車に乗り妻の実家に向かった。妻は群馬県にある小さな町に住んでいる。恐恐と玄関のドアホーンを鳴らしたが当然の如く門前払いを食らった。

「吉原さん、娘は貴方に会いたくないそうです。どうぞお引き取り下さい」

義母の冷たい言葉が返ってくる。


吉原はそれから一週間毎日、妻の実家に通った。だが声さえ掛けて貰えない。

夕方から降っていた雨が雪へと変わっていく。吉原はあの日の公園での事を思い出していた。解雇された帰り公園で佇んでいた己の姿を思い浮かべた。

あの日、妻が電話をくれた。全て見通し温かく支えてくれた。そんな妻に引導を渡したのだ。あの温もりを忘れ大金が入った事で妻の愛情さえ壊してしまった。妻が何度も警告してくれたのに……今更、妻に戻ってくれなんて虫が良すぎる話だ。

これは天罰だ。このまま凍え死んだ方が妻への償いになるだろうか？　そして今日も懲りずにドアホーンを鳴らした。鳴らして五分が過ぎ帰ろうとした。

今日も逢ってくれないのか。まさか離婚すると言いだすのじゃないかと不安になった。もうこれまでかと歩きかけた時だった。

ガラッと玄関の引き戸が開き、優子が傘を持って一言呟く「バカね」

バカね、久し振りに聞いた妻が得意とする言葉だ。そのあとは妻が優しく接してくれた。この瞬間に思った。金よりも何よりも妻の存在の大きさを知った。吉原はこれで許してくれると安心したのだが、しかしそう甘くなかった。俺がした事を考えれば妻の怒りは収まらなかった。ただ話し合える時間は貰えた。だが息子の姿はない。いや友則に会いたいと言っている場合ではない。

通された部屋は囲炉裏が部屋の中央にあり周りには座布団が敷かれていた。結婚当初は両親を正面に吉原と優子は対面に座ったものだ。だが今は正面に両親と優子、吉原は対面に一人だけだ。吉原は敵対する人物でしかない。改めて吉原は自分の立ち位置を思い知らされた。

「お父さんお母さん、ご無沙汰しております」

だが返事もくれない。冷たい視線が突き刺さる。まるで針の筵に座らされている気分だ。

「この度は申し訳ありません。大金が入り己を見失い、優子を追い出した事を恥じております。今更ながらとんでもない事をしたと気づきお詫びに参りました」

吉原は妻と、妻の両親に自分の過ちを詫びたが、妻は冷たく突き放す。

「貴方はお金で自分を見失ったわ。そして私と子供まで見捨てようとしたのよ。分かりますか？　貴方が金に目が眩み妻子を捨てたのよ。私の怒りはまだ収まってないわ。お金で、なんでも買えると思ったら大間違いよ。私の心は売り物じゃない」

吉原は返す言葉もなかった。厳しい言葉を浴びせられて、お袋に叱られた子供のように反省する。

「すまん。これからは心を入れ替えて一生懸命働くよ」

「口で言うのは簡単よ。誰でも謝る時はそんな事を言うわ。貴方はこの一年何をしていたの？　働きもしないで毎日遊び歩いたでしょう。贅沢癖が付いた人が働けると思っているの？　では心を入れ替えた証拠を示して下さい」

「証拠と言われても……」

「それじゃあ一年以内に二百万の貯金を作って。働いて得た賃金の中から生活費を取り除き貯金出来る額の事よ。つまり総額三百万くらい働かないと二百万の貯金が出来ない事になるわ。但し一日でも期限が過ぎればアウト。その時は離婚届にサインして。勿論いま持っている、お金は一円だって使っては駄目よ。働いて生活費を稼ぐのよ。それと貴方の通帳とカード類を全て私に預けて。それと車や家にある高価な物を売っても駄目。貴方は一日に二百万も使った事があるわね。その二百万を作るには、どれほど大変か身をもって示して欲しい。お金の有り難みは働いて得た金でなくては分からない。それを一番知っているのは誰だったの？　約束を果たせたら戻ってもいいわよ」

妻の厳しい条件だった。両親さえもそこまでしなくてもと言ったが、妻は頑として聞き入れなかった。妻の怒りを今更に思い知らされた。吉原は涙を流して約束した。

翌日からハーローワーク通いと、求人募集広告に応募した。吉原は正社員には成れなかったが朝八時から五時まで派遣社員として働き、夜は夕方六時から十一時まで土木作業までして必死に働いた。これまで事務の仕事ばかりだったが体を動かして働くのは重労働だった。帰宅するのは夜中の十二時過ぎる事もあった。もう疲れて風呂に入る気力もなかった。お金を節約する為に外食は一切なし、コンビニ弁当さえも高くて勿体ない。出来るだけ炊飯器でごはんを炊き、おかずは梅干のみ、またはお茶漬け、朝食はパンと珈琲、それさえも贅沢に思えた。更におにぎりを作り昼食に充てた。それが一ヶ月続いた。もうクタクタだ。体力も限界を感じた。

冷蔵庫に何かないかと探したら栄養ドリンクが数本残されていた。一本飲んだら、凄く効いた。健康な時に飲んでも全く感じなかったのに。まるでポパイが、ほうれん草を食べたような気分だった。更に三ヶ月、以前よりも疲れなくなってきた。体力が付いてきたようだ。鏡でみると筋肉が盛り上がってきた。月の貯金が十八万にもなった。四ヶ月で五十二万の貯金が出来た。残された期限はあと八ヶ月。だがまだ目標の四分の一でしかない。

広い家で一人、食事を作りビール一本飲むのが何より楽しみとして働いた。後は全て貯金した。贅沢は一切止め毎日働いた。しかし怪我や病気をしないとも限らない。健康に気を遣った。

でも分かる事がある。二百万円を貯める事がどれほど大変か。一晩で二百万円も使った自分の馬鹿さ加減に呆れた。それを朝昼働いて一年も掛かるのだ。それを妻は身をもって体験させようとしている。二百万の価値を教える為だろう。

昼夜働き疲れきって飲む安酒は美味い。一晩で五十万も注ぎ込んだキャバレーの高級酒よりもワンカップ二百五十円の酒の味がこんなに美味いとは？

やがて半年が過ぎた。妻や子供に会いたい、そういう衝動にかられた。二百万貯める約束はしたが会ってはいけないと言われていない。つい妻の実家に行きたくなった。しかしそれは自分の甘えでしかない。目標達成まで我慢しよう。

やがて十ケ月が過ぎ百八十万に達した。あと二ヶ月最後のラストスパートと思った時、何故か高熱に侵された。仕方なく昼と夜の勤め先に電話し休みを貰い病院に行った。蓄積した過労から熱が出たと診断が下された。

そんな時、家の外に一台の車が停まっていた。よく見ると群馬県のナンバーで車の中には二人の女性が乗っていた。それは優子と優子の母の姿だった。

吉原は勤め先の住所と電話番号は優子に伝えてあった。

優子は前日に久し振りに様子を見に来たのだ。だが吉原は会社に行かず過労で倒れて病院に行った事を知った。思わず優子は家に入り看病をしようかと思ったが母に止められた。

「優子、気持ちは分かるけど重病ではないかぎり我慢して。ここで家に行けば水の泡よ」

「そうね。あと二ヶ月頑張ってほしいわ。じゃ帰りましょう」

それから四日目にして熱も下がり再び働き始めた。会社に顔を見せると、

「吉原さん、大丈夫かい。殆ど休まず働いたから疲労でダウンしただろう、働いてくれるのは有難いが無理しないでよ」

上司からは温かい言葉を貰った。嬉しかった。働かせてもらい労ってもらう事がこんなに嬉しい事か。


やがて一年、ついに貯金は二百万円を超えた。これでやっと約束を果たした。

妻が許してくれるのを楽しみに風呂に入ろうとしているところに、玄関のチャイムが鳴った。

「はい、どちら様でしょうか?」

「パパ！　僕だよ。友則だよ」

吉原は驚いた。こちらから報告に行こうと思ったら妻の方から来てくれた。

嬉しくて嬉しくて涙が止まらなかった。ドアを開けると友則が吉原の懐に飛び込んでき

た。

「お帰り、友則……優子」

「上がっていいかしら？」

「勿論だよ、優子。君の家じゃないか、そしてありがとう」

「ふっふふ、バカね」

久し振りに聞いた妻の口癖、汗まみれになって働く事の意味を妻は教えてくれた。金は生きる為に多少あればいい。

そう言っても一度大金を手にすると、安い賃金で働く意欲が湧かない。

だが優子は全て心得ていた。妻子に帰って貰いたい一心で働いた一年だった。吉原は目標を達成してホッとしているだろう。だが新たに明日からも同じように働けるとは限らない。目標を達成する為に必死になって働いた。その目標は達成出来ても次の目標を超えられるだろうか。優子はそこまで読んでいた。夫の再就職は出来るだろう、まだ一億円残っている。ない物になんか出来るはずがない。働く意欲が違ってくる。但し自分の店なら話は別だ。

それなら独立しかないと思っていた。それを見越して優子は実家の近くでパン屋の修業をしてきたのだ。元々優子の夢はパン屋さんになる事だった。

優子は夫に告げた。パン屋さんを一緒にやりたいというのだ。

共に苦労し夢を見ようという提案に、吉原はこんな素晴らしい妻に涙した。

「其処まで考えてくれていたのか、正直約束の二百万は貯めたが、また就職活動はどうしようかと悩んでいたんだよ」

「分かっているわ、貴方と結婚して十六年、全てお見通しよ」

「優子は怖いな、俺の心まで読み取るなんて」

「そう、私は怖い女よ。嫌なら逃げてもいいわ」

「嫌だ!! 俺は優子がいないと生きていけない」

「バカね、友則に聞かれたら笑われるわよ」

二人は大笑いした。

これで大金を使うのは終わりにしようと二人で相談し貯金から三千万を出しパン屋を始めた。吉原は優子の手解きを受け、パン作りを始めた。

自分の店を持つ為だとなると意欲も湧く、これまでにない充実感がある。

優子の教えだけでは足りずパン作りの学校にも通った。その間に店は完成した。勿論、簡単に儲かる訳でないが、二年が過ぎやっと軌道に乗るようになった。今日も隣には優子がパンの仕込みをしている。いかにも嬉しそうだ。

吉原は改めて思った。俺は大金を手にして幸せは金で手に入ると勘違いしていた。毎日小言を言う妻に頭に来て出て行けと言い渡した。あの時の吉原は完全に理性を失っていた。

妻の怒りは今更ながら理解出来た。吉原を叱咤し正しい道に導いてくれた。金で買えない物、それは人の心だ。なによりも妻の優子は吉原には勿体ないほどの妻だ。もう一生妻には頭が上がらないかも知れない。それでもいい。妻が喜んでくれるなら苦労を苦労とも思わない。

「貴方～～何をボーっとしているの」

「あ、いや幸せだなぁと思ってさ」

「ふふ、バカね。でもそう思ってくれたなら私も嬉しいわ」

これが妻の望んでいた幸せ。吉原も今はパン作りが楽しくてしようがない。

「いらっしゃいませ」

今日も笑顔でお客様を迎える妻の姿に吉原は喜びを感じた。吉原も自分を戒めるように外車を売り払いワンボックスカーにした。これで休みの日に家族でキャンプでもしたいと思っている。

大金は人を狂わせる。吉原はそれを実体験した。それがたかが二百万円を貯める事が、どれほど大変か妻が教えてくれた。

一番大事な事は、家族は助け合い苦楽を共に分かち合ってこそ、本当の幸せである事を。

了

宇宙人二世　マリア

第一章　飛行物体

二〇三二年七月七日の事だ。東野佐希子二十七歳は一週間の休暇を取り一人旅をしていた。現在、佐希子は東京の奥多摩に住んでいる。そこから愛車ランドクルーザーに乗って首都高から東関東道を抜け潮来から鹿島灘を右に茨城の大洗港に到着。大洗港から十九時四十五分発フェリーで十八時間掛けて翌日の十三時三十分苫小牧港へ、そこから室蘭にある地球岬を訪れていた。今から一千万年前の火山活動で出来た高さ百メートル前後の断崖絶壁が十四キロも続く観光名所でもある。

空は夕焼けからやがて日が沈み、もう上空は星が見え始めていた。天の川を撮ろうと佐希子は高感度カメラをセットし星空を眺めていた。

その時だった。上空で見た事もない強い光を放ち、飛行物体が飛んできた。流れ星かいやそれにしてはおかしい。その飛行物体が近づいてくる。しかも佐希子に狙いを定めたように飛来してくる。そのまま地面に衝突するかと思ったら急激にスピードを落とし、そのままフワリと浮かび制止した。UFOか？　よく分からないが謎の飛行物体だ。佐希子の目の前に音もなく着地した。大きさは大型トラック十台分を合わせたほどの大きさで長方形だ。まるで戦艦のようだ。しかも空を飛ぶ宇宙船は地球上には存在しない。アニメなら宇宙戦艦ヤマトと言う物があるが、そんな感じだ。まさか宇宙船？　ＵＦＯなら円盤型と思ったら細長い。つまり戦艦だ。驚いた佐希子は写真を撮るどころか命が危うい。カメラと三脚を持って逃げようとしたが、腰が抜けて動けなくなった。佐希子は助けを求めようとしたが周りには誰もいない。自分に狙いを定めて飛来したのか。

『宇宙人が地球の人間を誘拐しに来たの？　私が一番先に狙われたのだろうか。それなら何処かの国の拉致より質が悪い。宇宙の彼方に連れて行かれ解剖されるかも。冗談じゃない』

佐希子は意味もなくほざく。暫くすると長方形の飛行物体の横扉が開き、誰かが一人だけ出てきた。宇宙人？　佐希子が思わず口に出した。

「あっ私を捕まえに来たのね。私だって負けてないわよ。学生時代柔道やっていたんだから投げ飛ばすぞ。寄るな！　蛸！」

宇宙人なら蛸のような生き物が出てくるかと思ったが、それは人間の姿をしていた。何故かフラフラと出てきた。大きな旅行カバンのような物を引き摺っている。

「蛸じゃない。宇宙人でもない？　では宇宙飛行士？　まさかこんな場所に着陸する筈がない。とにかくそれ以上そばに来ないで。本当は空手もやっていたのよ。それと合気道も更に剣道も、それで足りなければ書道二段、更に英語検定一級よ」

その謎の人間みたいな宇宙人に、子犬が吠えるように佐希子は吠えまくったが怖くて動けず倒れ込んだ。だが佐希子の前で勝手に相手が倒れた。柔道技で投げ飛ばしてもいないのに？　本当を言うと英語検定一級以外持っていない。私が吠えまくって勝手に倒れたのか？

もしかしたら病気なのだろうか。怖いが弱っている者を見過ごす訳にもいかない。しかしどう見ても人間のようだ。年齢は三十歳くらいか。人間と分かった以上安心すると、佐希子はやっと起き上がる事が出来た。

「もしもし？　大丈夫ですか？」

どう見ても東洋人には見えない。西洋人なのか分からない。しかし男である事は間違いない。佐希子の声に反応したのか男はカバンを開け金属製の注射器のような物を取り出し、それを首に当てると赤い光を放った。暫くするとフーと溜め息を漏らした。なんと！しっかりした日本語でこう話した。

「驚かせてすまん。君に危害を加えるものではない。安心してくれ」

「…………」

安心しろと言われても得体の知れない人物、そして奇妙な形をした飛行物体から出てきた者に警戒せざるを得なかった。

「貴方は地球の人……それとも宇宙から来た人？　他の人もいるでしょう、何故出てこないの」

「訳は言えないが地球を調査に来た。私はアルタイル星から来た。アルタイル星は日本では彦星と呼ばれ、ベガ星は織姫星と言われているようだが。その調査船の乗組員だ。どうやら地球の細菌にやられたようだ。幸い他の乗組員は感染していなくて無事だが、自分だけが地球の細菌に感染したようだ。このままで一緒に乗れば全員が感染する。仕方なく私だけが船から降りる事になった。他の者は、まもなく地球を離れ離陸する。私は細菌に感染し仲間ともう一緒に帰る事は出来ない。だから一人地球に残るように指令を受けた。助けて欲しい」

　そう言葉を発すると同時にその宇宙船は音もなく浮かびあがり、やがて星空の中に消えて行った。どうやら見捨てられたようだ。無理に連れて帰れば全員感染し全滅する仕方がない処置なのだろう。

「ちょっと！　待って。アルタイル星人って人間じゃなく宇宙人の事。それで……私にどうしろと？」

「もう私は、私の星に帰る事は出来ない。あの飛行船も二度と地球には立ち寄らないだろう。だから私はこの地球という星で死ぬか生きていくしかないのだ。ちなみに私をドリューンと呼んでくれ」

「でも地球の細菌にやられたのでしょう。私は医者じゃないし助ける事は出来ないわ」

するとドリューンは海外旅行などに使われる大型のカバンからパソコンのような物を取り出した。だがキーボードは付いていない。十七インチ程度の画面のような物があるだけだ。どうやらタッチパネルのようになっているらしい。だが画像がパネルの中ではなく放射状に淡い緑色の光が浮かび空間に画像が浮かび上がった。文字のようで絵のような物が見える。それを操作している。

「地球には風邪という菌がある事が分かった。我々の星にはない菌だ。この菌の一種が私の体を脅かしているようだ。この菌を取り除く方法はないのか？」

「風邪？　そんな菌なら風邪薬で治るわよ。それなら持っているわよ。でも人間じゃないから……効くかどうか」

「それがあるなら見せてくれ」

佐希子は旅行中いつも最低限の常備薬は持ち歩いている。風邪薬もそのひとつだ。

「はい、どうぞ」

ドリューンはそのカプセルに入った風邪薬を開け、掌に載せるとそれを眺めた。なんとその眼から青白い光が放射状に薬を照らし始めた。

佐希子は流石に後ずさりした。安心しろと言われても人間じゃない事が改めて思い知らされ。どうやらドリューンは薬の分析をしているようだ。

「驚かしてすまない。このカプセルは私を助けてくれそうだ。貰っていいかな」

「いいわよ……そんな物で治るの？」

「分析の結果、有効のようだ。人間そっくりに改造した肉体だからね」

「改造？　じゃあ元の形はどんな風なの？」

「形はない。形はないがどんな生物にでもなる。我々生物は目に見えないような粒子で出来ている。その粒子の集合体が有機物となり脳が出来、身体が出来上がっていくが体力がない。しかし脳だけは発達して脳が指令を出し色んな物体に形を変える事が出来るのだ。だが風邪は我々の粒子に入り込み粒子をバラバラにされる。だから風邪の菌は我々には脅威だ」

「じゃあ貴方は粒子と有機物の塊なの？」

「それを言うなら元を正せば人間も同じだ。だが私は地球に取り残された粒子の塊、地球に住む以上は人間としての肉体を作り上げないと生きていけない。我々は学習する能力がある。だから風邪に対して免疫が出来ればもう大丈夫だ」


佐希子は言っている事を理解しようとするが、粒子の塊がこのドリューンだとは理解を超えていた。しかし何処から見ても人間そのものだ。眼はやや青く髪は茶毛のような妙な色だった。ただ人前で眼から光を放ったら誰もが驚き人とは思わないだろう。

「でも地球で生きていく為には沢山の菌があるのよ。それに一人では生きていけないわよ」

「君だけが頼りだ。だから助けて欲しい。その代わり君の為なら何でもする。そして人間になりきる事を誓うよ」

助けて欲しいというから佐希子は助けたが相手は宇宙人、心配は大いにある。佐希子は人間ならともかく宇宙人を助ける意志があるないにかかわらず、既に脳はコントロールされていて断る事も出来なかった。ただコントロールされたと言っても、ある程度は佐希子の心は残っている。佐希子はドリューンに言った。

「ねぇ私の助けが必要なら私をコントロールするのは止めて。そして人間として生きていくなら完璧とまでは言わないが、人間になりきって生活するのよ。それと私の名は東野佐希子。では貴方をこれからドリューンと呼ぶわね」

「分かった、誓うよ。ただ一度人間に作り上げたら二度と戻す事が出来ない。細胞が分裂すれば私は死ぬ。だから君だけが頼りだ。私もこれから佐希子と呼ばせて貰う」

「分かったわ。協力しましょう。でも特殊な能力は残るでしょう」

「それは制御出来るが消す事が出来ない。さっき約束した通り佐希子の心は支配しないと約束する」

佐希子はドリューンをこのまま人に会わせる訳にはいかないと思い、今日から暫く泊まる予定だった友人から借りた別荘に連れて行く事にした。幸いこの別荘は電気ガス水道Wi-Fiの設備も整っていて生活するには問題ない。途中スーパーに寄り食料など必要な物を買った。その間ドリューンは車の中で待たせた。もしいなくなるならそれでいい。何も宇宙人の面倒を無理にみる必要はない。だがドリューンは大人しく車の中で待っていた。

本当に私だけが頼りなのだろう。仕方がない面倒見る事にした。車は友人から借りた別荘に到着した。

「ねぇドリューン、貴方の星ではどんな生活をしていたの。貴方はこれから此処で暫く暮らすのよ。地球で生きていく為には人間を理解し人間に溶け込まなくてはいけない」

「ああ、ドリューンは咄嗟に思いついた名前だ。人類には名前があると調べてあるから。佐希子の言う通りにする。これから何をすれば良いのか教えてくれ」

「いいわ。ところで貴方は、食事はどうするの。人間は食べて栄養を蓄え身体を保っているの」

「食べ物？　私は食べる習慣はない。元は粒子の集合体だから」

「えっしかし今は人間になったのでしょう。何も食べないと栄養失調で死んでしまうのよ」

「ふ～ん。身体が受け付けるか分からない」

「人間は食べて飲んで生きていくの。それと食べるのは楽しみでもあるのよ」

「楽しみ？　楽しみとは何の事」

「もう一から説明するのは大変だわ。人間には喜怒哀楽というモノがあるの。ドリューンは意志と言うものはないの」

「まてまて、佐希子の言っている事は理解し難い。まず食べる事と喜怒哀楽について調べてみよう」

「ええ人間になるのだから、なんでも吸収してね。私は二階を掃除してくるからね」

佐希子が二階に行っている間にドリューンはまたパソコンのような物を取り出し何やら調べ始めた。例によって空中に絵や文字が浮かび上がる。それから色んな食べ物が浮かび、その料理に手を伸ばして、なんと料理を取り出したではないか。次から次と料理を取り出し二十種類をテーブルに並べた。勿論パソコンで注文しても取り寄せなくてはならないがドリューンの機械は出来た食べ物を分解し空中を飛んで目の前に出てきた。その不思議な機械は元の食べ物が出てくるという事らしい。

「あれ～なんかいい匂いしてきたね。出前でも頼んだ……んな訳ないよね。出前の仕方も分からないのに」

佐希子が下に下りてくると沢山の料理が並べられていた。それをドリューンは試食を始めた。ドリューンは自分の体は食べても、問題ない事を知った。

「なっ！　なにこの料理どこから来たの。いつの間に出前の取り方を覚えたの」

「嗚呼、佐希子。確かに食べると美味しいね。これが食べる楽しみか」

佐希子は茫然と立ち尽くし料理を眺めた。驚く佐希子を気にする事もなく次々と食べ続けている。

「一体どうなっているの？　ドリューン。もう食べられるようになったの。ねぇこの料理は何処から来たの」

ドリューンは食べるのに夢中になっていたが、やっと驚く佐希子に微笑んだ。

「ああこれは、あの機械から出してたんだよ」

「あのパソコンのようなもので」

「そうだよ。必要なら他にも取り出しみようか」

「駄目よ。そんなズルしては人間社会にはルールというものがあるの。苦労しないで手に入れるのもルール違反。人間は働いてお金を手に入れて、そのお金で物を買ったり食べたり遊んだりするの」


佐希子は頭を抱えた。やはり人間の姿をしていても人間を理解させるのは難しいのか。なんとかして特殊能力を消せないだろうか。この調子なら家にいながらなんでも手に入れてしまうだろう。金が必要と言ったら、あの不思議な機械で好きなだけ取り出すかもしれない。


「あのねドリユーン。人間として生きていくなら、その機械を処分して。そうしないと私は貴方を面倒見切れない。私は帰るわ。あとは一人で生きていきなさい」

「佐希子そんなに怒るなよ。人間になる為に学習しなくてはならない。その為にこの機械は必要なんだよ」

「それならその機械で人間社会を勉強して。一週間だけ待ってやる。その間に全てを吸収して宇宙人なのだから一週間あれば充分でしょう。それで地球のパソコンの操作も学んで出来るようになったら次からパソコンを使って、そしてその機械は処分して。便利過ぎると努力をしなくなるから」

佐希子の凄い剣幕にドリューンはシュンとなった。意外と素直で可愛いところがある。

「分かった。一週間でマスターするよ。その後はこの機械を処分する」

「約束よ。破ったらもう面倒見ないからね」

納得した佐希子は機械から取り出した料理を摘まんでみた。普通の料理だ。何処かのレストランから出来た物を電送したのだろうか。理解出来ないが捨てる訳にもいかず二人で食べまくった。残った物は冷蔵庫に入れ、佐希子はワインを持ってきた。

「それは何、食べ物にしては液体のようだが」

「人間は飲み物も必要なの。これはワイン。アルコールが入っているの。ドリューンは馴れてから飲ませてあげる」

「ふ〜ん人間って面白い生物だね。私も早く本当の人間になれるように努力するよ」

「そうして、じゃあ今日は色々あったから疲れた。寝ましょう。と言ってもドリューンは寝る事が出来るの。ベッドで寝るのよ」

「私は寝る事は知らない。だから立ったままでいい」

「立ったまま？　ああ疲れる。人間は睡眠が必要なの。寝るとは横になって目を閉じて寝るの。ドリューンが立ったままでいたら私が落ち着いて眠れないわよ」

「分かった。それなら僕は隣の部屋で地球人やあらゆる生物、人間の習慣とか調べてみるよ」

それから三日が過ぎた。その間ドリューンは不思議な機械で地球や人間の事を学んでいるようだ。人間なら三年は掛かる事をたった三日間で学んだ。その証拠に料理を作るようになり掃除も始めた。恐ろしいほどの吸収力だ。それから更に二日が過ぎ休暇はなくなった。仕方なく体調を崩したと三日間有給休暇を使わせて貰った。取り敢えずドリューンを車に乗せ家に帰る事した。


佐希子は車の中で自分の家族に会わせるからドリューンにイタリア人になり切るように伝えた。それと苗字も決めなくてはならない。イタリア人は何故かアで始まる苗字が多い。そこでドリューン・アンドレと決めた。

「今から貴方はドリューン・アンドレよ。そうそう私は佐希子・東野。ただ日本では苗字が先読みだからトウノ・サキコが正しい呼びかたよ」

「よく分かった。それから君の家族に会う時の挨拶も覚えたよ。初めまして私はドリューン・アンドレです。イタリア人で日本を旅行中に佐希子さんとお友だちになりました。よろしくお願いいたします。どうこれで」

「お〜流石、もう完璧よ。それとこれからどうするの。日本で働かなくてはならないのよ。仕事は出来るの」

「大丈夫、パソコンもマスターしたし車も運転出来るよ。料理も力仕事でもなんでも出来る」

「知っているわ。別荘で私の車を勝手にキーもないのに動かしていたものね。また特殊能力を使ったのね」

「ごめん、便利だからつい」

「これからは人の前では使わないでね。怖がって誰も貴方に寄り付かなくなるわよ」

「分かった。これからは人間として生きていくのだから全て佐希子に従うよ」

最近のドリューンはやけに素直で可愛い。つい母性本能がくすぐられる。いやいや宇宙人に惚れる訳にはいかないと否定したが、否定しても惹かれていくことにはどうにもならない。佐希子はドリューンの持っているパソコンのような機械を処分すると言って預かっているが本当に処分していいか迷っている。何かあった時の為に隠してある。

やがて佐希子の実家に到着した。実家は東京といっても山郷にある奥多摩だ。周りは山ばかりでとても東京とは思えない。家族は両親で三人暮らし、近くに祖父母が経営する民宿がある。

佐希子は両親に友人を連れて帰ると伝えてあった。ただ外国人とは伝えていないから驚くかも知れない。

「ただいま～いま帰りました。お土産沢山買ってきたからね」

するとを近くで育てていた野菜を持って母が笑顔でお帰りと言った。

「あらお友だちって外国の方なの」

「そうよ、旅先で仲良くなって暫く泊めるからね。お父さんは？」

「ああ間もなく帰ってくるよ。佐希子が帰ってくるというので仕事の帰りに肉を買ってくると言っていた」

「へぇ～じゃ今夜はスキヤキかな」

「佐希子が食べたいならスキヤキにしようかね。そちらの外人さん口に合うかな」

「ああ紹介するね。イタリアの人、日本で働きたいそうよ」

「初めまして私はドリューン・アンドレです。宜しくお願いします」

「あれまぁ日本語が上手な事。日本語が話せるなら仕事もすぐ見つかるさ」

　それから間もなく父が帰ってきた。ドリューンを見て少し驚いているが歓迎してくれた。その夜はスキヤキ歓迎パーティとなった。ドリューンは何処から見ても不思議なところはない。素直で冗談まで覚えて両親を笑わせてくれた。思いのほか好かれているようだ。ドリューンは食べる事の喜びを覚えた。いまでは問題なくなんでも食べられるようになった。そしてアルコールも飲めるようになった。なんという吸収力の高さか。もうどこから見ても普通の人間だ。


　翌日から仕事探しを始めた。雑誌で探すのではなくパソコンで探した。ドリューンはコンピューター関係の仕事がいいと奥多摩町にある会社を見つけた。ゲームソフト開発会社のようだ。日本人スタッフだけのようだがイタリア人の発想も面白いと採用になった。佐希子は父が勤める役場で働いている。ドリューンをいつまでも家に泊めておく訳にもいかない。佐希子は近くにアパートを借りてあげた。しかし外国人という設定だが一人で暮らせるか心配だ。佐希子は仕事が終わると毎日ドリューンのアパートを訪れ何かと面倒を見てやった。それから休みの日などはピクニックにも行くようになった。半分は両親も参加して、そんな日々が一年続いた。この頃になると両親を含め誰もが認める恋人同士となっていた。佐希子も宇宙人という事はもはや頭になかった。こうして二人は結婚した。結婚式にはドリューンの親は出席しなかった。そんなものは最初からいないのだから病気で海外に出る事は出来ないという事になっている。その代わり電話や手紙は両親の元に届く。勿論、音声も作られたもので手紙も同じだ。

ドリューンは既に人間になりきっていた。ただ困った時だけ佐希子の許しを得て特殊な機能を発揮した。例えば戸籍の取得を役所のコンピューターへハッキングして勝手に戸籍を作ったりもする。勿論パスポートも取得、更に車の免許に特殊技師として日本で働ける就業ビザまで作った。佐希子の両親もイタリア人として疑う事はなかった。

第二章　宇宙人二世マリア誕生

　やがて二人の間に女の子が生まれた。二人は真理亜（マリア）と名づけた。聖母マリアのご加護がありますようにと名付けた。

　だが母の佐希子は内心穏やかではなかった。なにせドリューンは宇宙人なのだ。その宇宙人との間に生まれた子供だ。いつ細かい粒子となって消えるかも知れないと思った。だが父のドリューンはマリアが生まれてから驚くほどマリアに愛情を注ぎ可愛がった。宇宙人でもやはり我が子は可愛いのだろう。

　ただマリアには不思議な物がいくつかあった。瞳は日本人と同じ黒だが眉毛に隠れて黒子のような物が両眉毛にある。普段は分からないが何を意味するか分からない。更に中指の付け根にも小さな穴のような物がある。これも同じく両手にある。場所が場所だけに両親しか知らない。まだ小さいのでそれだけだったが後に、これが人間にない能力を発揮する事になる。

　ドリューンはまったく普通の人間として働き、ただのイタリア人になりきった。やがて何事もなく月日が過ぎて、マリアが大学生になった二〇五一年七月七日の事であった。そうドリューンと佐希子が会った記念すべき日にあたる。

マリアもまた、一人で大学の夏休みを利用して八ヶ岳の高原に立っている時の事だ。マリアの眼が青白く輝き、星にでも届くような強烈な光を放ったのだった。

やはり宇宙人二世は特殊な物を身に付けている事が判明された。だがマリアは父が宇宙人だとも両親からは知らされていなかった。しかし己の体が普通の人間と違う事を感じ始めていたマリアは自分の秘められた能力を試していたのだった。この後マリアの運命はどう変わっていくのか？

生まれた時からあった眉毛の下の小さな黒子が光った。マリアの放った光は信号となって一直線に伸びていき、宇宙の彼方にある夏の大三角形にあるアルタイル星まで届いた。アルタイル星は恒星で主に水素、ヘリウムの核融合エネルギーにより自ら輝く天体である。アルタイル星は別名（彦星）とも呼ばれている。父と母が遭遇したのが七月七日であるが、マリアが生まれたのも七月七日である。マリアは自分とその七月七日が何か関係あるのではないかと感じていた。マリアが眼から光を放ったのは今日が初めてではない。やはり昨年の同じ今日七月七日の事だった。

現在、両親の東野佐希子と東野ドリューンは東京奥多摩の奥深い所に住んでいる。

マリアの祖父と祖母はマリアの母佐希子が結婚し間もなく役所を辞め民宿を営んでいた。祖父母の手伝いをして民宿を盛り上げていたがマリアが中学生になった頃、祖父と祖母は他界し今では父母が民宿を継いで三人で暮らしている。東京と言えば都会というイメージが濃い。だがここは想像もつかない田舎で周りは山に囲まれた谷にある集落みたいな場所である。マリアは山が好きだ。景色を眺め珍しい草花を探すなど年に五度来ている。今日は八ヶ岳連峰の蓼科山（標高二五三一メートル）の頂上付近に登り星を眺める事も多かった。今日もまた蓼科山の山頂付近に来ている。

するとと宇宙の彼方から一筋の光がマリアに向かって伸びてきた。マリアはその光に無意識に反応した。その光が自分の脳に何かを働きかけている。それに応えるようにマリアもまた無意識に応答したのだ。その方向はアルタイル星という星だと思われる。どうやらマリアはアルタイル星と交信出来る機能が脳に植え付けられているようだ。その証拠にマリアは眼から光を放つ事が出来る。それは人には見えない光の交信であった。マリアはその交信で自分の出生の秘密と父が宇宙人、アルタイル星人である事を知った。

「君が我々に光線を送ったのだね。我々は地球で言われる夏の大三角形にあるアルタイル星の者である。信号キャッチをありがとう。日本では七夕と呼ばれ、その彦星（アルタイル星）が我々の住む星なのだ。君の父ドリューンが地球に送り込まれたが、細菌に感染したが奇跡的にも君の母、佐希子に救われた。ただドリューンはもう普通の人間になった。君も薄々感じていたであろう。だからこの交信が驚いた風に見えないのも、その為だ」

「……まさか私を貴方達の星へ連れて行くと言うんじゃないでしょうね？」

「それはない。アルタイル星は細胞生物バクテリアでしか生存出来ない。粒子と有機物の集合体で知能を得た。では何故、宇宙船を製造出来たかは、やはり七夕で知られる織姫、ことベガ星とは友好関係にあるからだ。そのベガ星に依頼し作られた物である。優れた知能を持ったアルタイル星と物を作れる体力のあるベガ星人と、我々はそうして協力し合い共存共栄しているのだ」

「難しくてよく分からないけど、私とコンタクトを取ったからには、目的があるのでしょう」

「その通りだ。マリアに頼みがある。聞いて欲しい」

「一応、聞くだけは聞くけど。地球や私達家族に害にならないのなら」

「それは絶対にない。我々が地球に興味を持ったのは地球人の優れた知能と恵まれた身体だ。我々は知能があって物を作る体力がない。だからベガ星人と協力し合って生きているのだ。その両方を持ち合わせた人間が羨ましい。出来れば地球とアルタイル星の血を引く二世である君を通して地球の事をもっと知りたい」

「確かにアルタイル星人は知能が優れているようね。十七光年もある地球に宇宙船に乗ってくるのだから」

「それはありがとう。我々の星は地球のような綺麗な星ではないが太陽の三倍以上もある巨大な星だ。だから資源はあるが物を作る身体がないのだ。だから我が星の建造物は全てベガ星人が作るのだ。逆にベガ星人は知能が低いが物を作る体力を持っている。互いに協力して生きるしかない不思議な関係にある」

「地球を知ってどうするの？　まさか地球征服なんて事はないでしょうね」

「まさか。我々は友好関係を結びたいだけだ」

「友好関係と言ってもどうして交流するというの。貴方がたが地球に来て誰と会うの」

「いや我々は地球には行けない。地球には我々に有害な細菌が渦巻いているその内のひとつが風邪という恐ろしい細菌だ」

「えっ風邪が恐ろしい細菌なの」

「そうだ、君は笑うかも知れないが我々には脅威だ。だから君を通して地球を知りたい。そのお礼として君に贈り物をする」

「贈り物と言ってもどうやって届けるつもり？」

「宇宙船を使って届ける事が出来る。大気圏を抜けたら小型無人船からカプセルを放出する。それを君が受け取ってくれ。地球に役立つはずだ」

「それでは私に要求する事はなに？　その前に宇宙船で地球まで何年、何百年？　確か十七光年よね。宅配便じゃないんだから」

「宅配便？　地球はそんな宇宙船があるのか。我々の宇宙船は一光年を十二時間つまり一日を二光年移動する。だから約八日間で地球に行ける」

「えっそんなに早いの。人類にはとても無理」

「君にお願いがある。出来るなら君の血液を少し欲しい。それで人間の細胞を調べたい」

「止めてよ。私の血を吸い取るつもり」

「そうじゃない。試験管一本分だけだ。その血液で人間のような身体が何千年か先に作れるようになるのが夢だ。他に地球の植物のあらゆる種類の種が欲しい。なんとか我々の星で育てられないか研究する。成功すれば我々は樹木や野菜、果物など手に入れる事が出来る。それに花を育てられたら地球みたいな楽園が出来る。これから送るカプセルに入れてくれ」

「えっだって貴方達は食べる事が出来るの？」

「いや最初はエキスにして放出させそれを吸収する。我々が欲しいのは人間のような体力がある体を作る事だ。その後は更に研究して君が送ってくれる血液を調べ人間と同じように食べられるような身体を作りたい。地球は食べる楽しみというものがあるらしいね。羨ましい限りだ」

「信用していいのね」

「勿論だ。君は我々の細胞も受けついでいる。我々の星人であるドリューンを悲しませたくないからな。君は我々の細胞も受けついでいる。なお君の血液とあらゆる種類の種が準備出来たら知らせてくれ。その時またカプセルを送る。カプセルの中に入れたら後は自動的に我々の宇宙船まで戻ってくる仕組みだ」

　そんな交信が暫く続いた。やがて蓼科山の上空に光る物があった。宇宙船から更に小型無人船で放出されたカプセルだろう。幸い周りには誰もいない。怪しまれる事はないだろう。いやそれを計算して放出したのだろうか。そのカプセルは上空から降ってくるように落ちてきた。そのまま落下すると思ったら急速にスピードを緩めフワリとマリアの目の前に着地した。直径一メートルほどの球体があった。この球体はどうやって開けるのかと思ったら無意識にマリアの手で触ると上の部分が開いた。四角い金属の箱が二つ入っている。そのうちの一つを開けると、その中からパソコンのような物を取り出した。マリアは見た事ないが父のドリューンが持っている物と似ている。他に注射器のような物と鉄の試験管のような物が入っている。たぶん血液をこの注射器で取り出し試験管に入れろと言う事だろう。もう一つの箱は帰ってから見る事にした。マリアは近くに停めてあるワンボックスカーに乗って持ち帰った。しかしこのまま家に持って帰れば、それは何かと追及されるので仕方なくワンボックスカーの中に隠してある。頼まれた植物の種はあとで買いに行く予定だ。揃ったらアルタイル星に交信して約束の血液と植物の種を送るつもりだ。家に帰ると母の佐希子が尋ねた。


「お帰りマリア。蓼科山どうだった。天気も良くいい写真撮れた」

「うんいい写真撮れたよ。お客さん多いの、手伝おうか」

マリアの両親は祖父母の跡を継いで民宿を営んでいる。

「丁度良かった。今から奥多摩駅に三人連れのお客さんを迎えに行ってくれる」

奥多摩駅の一日の利用者は八百人に満たない駅だ。その為に平均一時間に一本から三本しか電車が来ない。だから圧倒的に奥多摩に観光に来る人は車が多い。奥多摩の観光と言えば奥多摩湖、日原鍾乳洞、鳩ノ巣渓谷、氷川渓谷、白丸調整池ダムなどがある。特に夏から秋にかけて観光客が多いが、冬は流石に殆ど観光客が来ない。正月を除き冬場は民宿を休む。

両親はそれを利用して旅行に出かける。とにかく二人は旅行好きだ。二人が知り合ったのも北海道だと聞いている。だが未だに母の佐希子は父のドリューンはイタリア人だと言っている。マリアは父がイタリア人じゃない事を知っていた。マリアに父が宇宙人と聞いたらショックを受けるだろうと気を使っているのは分かる。だから当分は父の出生の秘密には触れない事にしている。

第三章　特殊能力

マリアはその日の夜、アルタイル星からの贈り物を調べる事にした。カプセルから取り出した一個の箱は愛車のワンボックスカーに隠してある。もう一個は部屋に置いてある。父母が営んでいる民宿の駐車場がある。お客様用と兼用で十台ほど駐まれるスペースの奥に駐めてある。マリアが車に近づいて行くと異変に気付いた。後ろのガラスドアが壊されていた。マリアはアルタイル星人から贈られた箱二個のうち一個がなくなっているのに気づいた。もう一個のパソコンのような機械は家に置いてある。マリアは囁いた。

『やってくれたな。でも盗る車の相手を見誤ったようね』

アルタイル星人から贈られた貴重な物だ。絶対に取り返さねばならない。

マリアは車の周辺を調べた。バイクのタイヤの跡が沢山残されていた。マリアは車の他にバイクも持っている。オフロード用バイクでヤマハＴＷ２５０だ。ヘルメットを被ると迷う事なく青梅市へ向かった。青梅市を中心に暴れまわっている青梅連合で間違いないと読んだ。奴らは溜まり場の多摩川沿いにある青梅リバーサイドパーク周辺にたむろしている。時刻は夜の八時を過ぎた頃だ。河川敷に下りると暴走族が二十人ほどいて騒いでいる。

「おいサトル早く開けろよ。きっとお宝が入っているぞ」

「それがさあ一向に開かないんだよ」

「じゃあハンマーでやって見な」

一人がハンマーで箱を叩いた。ガーンと鈍い音がしたもののビクともしない。マリアは川の上の方にバイクを停めて歩いてきた。服装は革ジャンにジーンズだ。マリアは大人になって何故か瞳の色が黒から薄い青い色に変わった。マリアは父のドリューンの血を引いているのか目はやや薄い青。髪は黒ではなく少し栗毛色。身長は百七十三センチと大きい。運動神経も優れていてサッカーやテニスも都大会に出るほどだ。それだけじゃなくあらゆるスポーツに対して優れていて大学に入ってからは空手も始めた。マリアは大声で叫んだ。

「こら〜泥棒ども人の物を盗んだあげくに壊す気か」

「なんだオメイ。お前のだという証拠はどこにある。邪魔だから消えろ」

だがマリアは怖じ気づくどころか平気で河川敷に下りてきた。すると暴走族は一斉にマリアを取り囲んだ。二十対一、余りにも無謀過ぎる。

「いい根性しているな、ネイちゃん。まさに飛んで火にいる夏の虫だな。調子に乗るなよ。素っ裸にして回してやるぞ」

「ほう出来るのかな。いまのうちよ、謝ってその金属の箱を返すなら許してあげない事もない」

するとと暴走族の連中は腹を抱えて笑いだした。そしてすぐ一人が真顔になりマリアを後ろから羽交い締めにしようとした。だがマリアは其処にはいなかった。もはや人間とは思えない、まるで瞬間移動するかのように動いていた。世界で一番速く走る動物ランキングではチーターが時速百十五キロ、海ではバショウカジキ百八キロ、空ではハヤブサ三百八十七キロ。因みに人間は三十三キロだそうだ。一瞬マリアが消えたと思ったらリーダー格の男を見つけると物凄い勢いで跳躍して飛び蹴りを喰らわせた。リーダー格の男はフイを突かれてもんどり打って倒れた。すかさずマリアは男のアゴを強烈に蹴った。男は泡を吹いて伸びてしまった。暴走族達は唖然とする。女だと思って舐めて掛かったのが間違いだった。暴走族達は真剣な表情になりチェーンや木刀を持ち出した。そしてジリジリとマリアを追いつめる。

マリアはそれでも怯む事なく睨みつける。十九対一、一人減ったぐらいでは状況は変わらない。するとマリアの眼差しが変わっていく。そして眼が青白く光り始めた。驚いた暴走族は後ずさりし始めた。次の瞬間その眼は強烈な光を放った。

「なんだっ、あれは人間じゃない」

まともにマリアの眼を見た連中は眼を押さえてのた打ち回る。眼が強烈に痛みだし何も見えない。瞳に唐辛子の粉末を入れられたような感じだ。残ったのは三人、何が起きたか分からない。しかし現実にはリーダー格を含め十七人が倒れて戦意喪失状態だ。もはや勝ち目はないと見た三人は逃げようとした。だがマリアは逃がさない。瞬時に移動し三人の前に立ちはだかる。怒りに満ちた眼がまた光りはじめた。

「わぁ許してくれ俺達が悪かった。あんたは何者だ。人間かエスパーか」

「宇宙人だとでも言いたいの。見れば分かるでしょう。普通の大学生よ。さああの金属の箱を此処に持って来て」

「分かりました。いま持ってきます」

「よし、次は倒れている連中を川の水をぶっかけて目を覚まさせるのよ」

三人の男は慌てて川の水をバケツに入れて次々と水をぶっかけた。なんとか起きた連中を整列させるが完全に怯えている。もはや人間ではない。眼が光りレーザー光線のように狙ってくる。マリアの眼を見るように命ずると怯えながら仕方なく見た。次の瞬間またしても眼から強烈な光が放たれた。暴走族の連中は立ったまま金縛りにあったように動けなくなった。

マリアは笑いながら金属の箱をバイクに乗せて走り去って行った。暴走族の連中は暫くして睡眠から覚めたように動き出した。だが金属の箱を盗んだ事もマリアが現れこっぴどく痛めつけられた事も記憶になかった。マリアが記憶を消し去ったのだ。マリアが初めて見せた特殊能力の一部だった。宇宙人の血を受け継いだマリアはエスパーになりつつあるようだ。

ただいまぁ。そう言ってマリアは帰ってきた。母の佐希子と父のドリューンはリビングでテレビを見ながら寛いでいた。二人共五十歳を少し超えている。ドリューンはテレビ鑑賞が好きなようで特に漫才のファンのようだ。漫才番組を好んで見て笑い転げている。これが宇宙から来た人とは思えない。顔はイタリア系でも心は完全に日本人だ。もはや佐希子と知り合った当時の特殊能力は消え失せていた。

「お帰り遅かったね。何処に行っていたの」

「ああ大学の友人に誘われてね。くだらない話で盛り上がっていただけよ」

するとと父のドリューーンがマリアに微笑みながら語りかける。

「マリア大学生活は楽しいかい。友達は沢山いるのかい」

「うんお蔭様で楽しい学生生活を楽しんでいるよ」

「そうかいそれは良かった。ところで特に親しい友達というか恋人とはいるのかい」

「ふっふふ、もう二十歳よ。恋人の一人や二人いたっておかしくないでしょう」

「なに？　やはりいるのか。どうも最近帰りが遅いと思ったら」

「なぁにお父さん。私に恋人がいるといけないの。それとも心配してくれているの」

「そりゃあ可愛い一人娘だもの。気になるさ」

母の佐希子が笑って二人の会話を楽しんでいる。昔のドリューンと違っていまでは普通の優しい中年のお父さんって感じだった。もはやドリューンは完全にアルタイル星人のカケラも残っていないようだ。結婚した当時は、時折超能力を発揮して佐希子や周りの人を驚かせたものだ。ドリューンが超能力を使うたび佐希子は激しく叱咤した。人に怪しまれる事をして人間じゃない事が知られるのが怖かったのだ。ドリューンから取り上げた不思議な機械は今でも倉庫の奥にしまってある。しかし未だにどう処分して良いものか困っているらしい。

数日前からマリアは両親に頼み離れにある倉庫を改造して自分の部屋にしたいと頼んであった。両親も年頃の娘だしプライバシーも必要だろうと快諾し近くの業者に頼み現在工事中である。マリアは八王子まで買い物に出た。此処には日本だけじゃなく世界中から集めた沢山の種を売っている。マリアは果物の種や野菜などを買いそろえた。種だから大した量にならない。その他に頼まれもしない水を何種類か揃える事にした。井戸水、海水、川の水などを揃えた。それから一週間が過ぎ離れ部屋が完成した。早速マリアはアルタイル星人が送ってきた金属の箱から試験管のような物にマリアの血液を採取して入れ、他の管には各種の水を入れた。これで約束の物は揃った。そして楽しみにしていた金属の箱を開けた。ひとつは例のパソコンのような物。もうひとつは金属なのか石なのか分からないが二種類入っているだけだ。マリアは少しガッカリして呟いた。

『私は科学者じゃないのよ。鉱石かただの石か何か分からない物を分析しろと言うの。まさか売って金に替えろというんじゃないでしょうね。もし宇宙からの石として何処で手に入れたと追及されるだけよ』

苦笑いを浮かべてマリアはパソコンのような物を取り出した。十七インチほどの画面だがキーボードは付いていない。電気コードもない。初めて手にするのに慣れた手つきでマリアは画面の上に手を当てた。すると丸い円の光が浮かび上がった。なんと其処には立体の画面になっていて空間に日本語と奇妙な絵が浮かび上がった。

『ようこそマリア。私を仮にドレーンと呼んでくれ。君の疑問はここで説明出来る。その鉱石が二個あるはずだが。最初に赤みがかった鉱石はエネルギーを半永久的に産み出す。地球では電気を作る為に石油や原子力発電を使うそうだが石油は無限にある物ではない。原子力発電はある程度無限だが危険が伴う。この鉱石を使って電気を作れば燃料は不要だ。これ一個で原子力発電所に匹敵する電気を作り出せる。地球にない鉱石だが地球にある三つの鉱石を組み合わせる事でほぼ同じ物を作れるはずだ。つまりこれで地球は無限の電力を作り出せる。あとは科学者達で研究すればよい。いずれ無限のエネルギーを得られるだろう』

文字は其処で終わっている。マリアは空間に浮かぶ文字を払うと次の文字が浮かび上がった。

「なんと凄い贈り物だ。地球に無限のエネルギーが出来る。素晴らしい」

『次の青みがかった鉱石はバクテリアを破壊する強烈な光が一点を攻撃し死滅させるものだ。特に人間にとって癌は治らないと言われているが、この石にはそれを死滅させる効力が含まれている。皮肉だが我々には強力過ぎて身体がもたない。人間なら有効と思う』

更にマリアは画面を払った。すると同じように文字が浮かび上がる。

『最後にあとはどう使うか地球上の学者と相談し活用方法を研究する事だ』

確かに素晴らしい贈り物だ。使い方によっては地球のエネルギー問題、地球の汚染浄化、そして医学会にとって正に画期的な代物だ。ただ宇宙からの贈り物だと言って誰も信じないだろう。どう説明しても分かって貰えない。出所が何処だろうと無限のエネルギーが得られるなら世界中の学者が集まって考える事だ。余計な詮索するより人類の発展の為に世界がひとつになる事だ。

「ありがとう。それと貴方達が要望していた私の血液と沢山の種が揃いました。それと地球の水も入れました。何かの役に立てれば」

「ご苦労様、約束を守ってくれてありがとう。それでは数日後、以前と同じ場所にカプセルを届けよう」

翌日の夕方マリアはまた蓼科山に登った。いや正確には車で行ける所まで行き其処から少し歩けば例の場所に辿り着けるのだ。勿論人気がない場所だ。もし他の人が見ても流れ星だろうと思うだろう。暫くすると東の方から流れ星のような物が流れてくる。また例のカプセルが音もなく着地した。ただ前回の物より倍の大きさがあった。マリアはカプセルの上に手を差し出した。するとスーとカプセルの上部が開いた。そこにマリアは血液と水と沢山の種の入った金属の箱を入れた。暫くするとカプセルの上部が閉じられ音もなく浮かび横に流れるよう滑って母船の中に吸い込まれていった。

しばらくすると母船が光を帯びた。離陸の準備をしているのだろう。母船が輝きを増して強烈な光と共に上空を昇って行き見えなくなった。マリアは溜め息をついた。夢の世界じゃないの？

私は本当に宇宙人と交信していたのか不思議な気持ちだ。それにしてもあの石はとんでもない代物だ。問題は誰にどうやって伝えよう。アルタイル星人からの贈り物だと言ったら笑われてしまう。本当だと言ったら精神鑑定を受けろと言われるに決まっている。信じさせるには私はアルタイル星人二世と言ったら更に気が狂っていると言うだろう。やっと父のドリューンが地球の人間として生きているのに平和な家庭が崩壊し宇宙人と分かってしまう。

こうなったら家の下に埋めてしまおうかとまで思った。あの石の効力は地球を救う事が出来るのに歯痒い話だ。出来るならアルタイル星人が直接来て説明してくれれば良いものを。勿論、記憶を消す事は出来るが相手にもよる。暴走族なら訳はないが、それに国の機関に石を提供し政府用人の記憶を消したとしても宇宙からの贈り物の鉱石の記憶まで消えては意味がない。

第四章　家族の結束

　こうなったら誰か信頼出来る人に相談するべきか。両親は勿論考えたが母も父も、その事には触れたくないだろう。次に考えられるのは友人……いや笑われるだけだ。それなら大学の講師が一番良いだろう。アルタイル星からの石だと説明しても分かるかな。隕石は世界各地で何個か落ちている。日本の岐阜県でも何年か前に畑に落ちていたそうだが、珍しい石だと家に飾っていて五年も経って、やっと隕石と分かり話題になったことがあった。それと同じでただの隕石だろうと言われたらそれまでになる。隕石ではなくアルタイル星人からの贈り物。それを証明させるには、やはりアルタイル星人から貰ったパソコンのような物を見せて信用させるしかない。もし信用させたとしても君とアルタイル星とどういう関係があるのだと問われると、やはり父がアルタイル星人でありその娘だと言わなくてはならない。アルタイル星人が日本に住んでいると分かったら日本国内はともかく世界中が大騒ぎになる。母や父も引っ張りだされアルタイル星人と結婚した母も注目を浴びる。そしてマリアも宇宙人二世だと分かる。

　やはり駄目だ。私の生活も東京の片田舎で静かに民宿を営む両親の幸せも壊す訳にはいかない。まったくアルタイル星人のドレーンと言う奴、これで私に贈り物したつもりか。

いっそのこと畑に埋めてしまえばいい。何年か何十年か先、誰かが掘り起こしたとしても隕石だとして騒ぐが珍しい事でもない、それでいずれ終息するだろう。この悩みがアルタイル星人達に説明したって分かる訳がない。もう関わりたくない、そう思った。

マリアが家に帰ると父のドリューンが玄関前で立っていた。どうもいつもの優しい父と雰囲気が違う。

「マリア、話があるから家に入りなさい。いままで何処に行っていた」

「あれ、お父さん今夜はどうしたの。怖い顔して」

「とにかく家に入って話をしよう」

ちょっと今日は疲れたからと言って誤魔化せる雰囲気ではなかった。仕方なくリビングに行くと母の佐希子は真剣な顔をしている。一体どうしたと言うのか。暫くすると父はパソコンのような物を持ってきた。そうアルタイル星人から貰ったものと同じ物だ。

「あっそれは……それどうしたの」

「やっぱり見覚えあるか。マリアも同じ物を持っているだろう。これはお父さんの物だ」

「どうして知っているの。まさか私がアルタイル星人と交信していた事を知っているの」

するとと母の佐希子が言った。

「私は貴女の母よ。どうも最近様子が変だと思っていたの。とうとう貴女は父の秘密を知ったようね。隠しても仕方ないわね。父が宇宙人だとしても今更驚きもしないでしょうね。アルタイル星人が貴方に接触しているようね。本当は普通の女の子に育って欲しかった。でもいつの間にか、貴女は少しずつ変わって来ている。父のドリューンの代わりにアルタイル星人が連れて行こうとしているのではないかと心配なの。正直にこれまでの事を話しなさい」

全てがお見通しのようだった。丁度いいこれで私の悩みが少しは解放されるかも知れない。これまでの経過をありのままに述べた。父のドリューンが納得したように語りかける。

「そうかマリアの血液をねぇ。マリアの血液を宇宙人に渡し気味が悪いと思うだろうが心配しなくていい。アルタイル星人は本当に地球との交流を望んでいる。その点は心配ない。それとその鉱石だが私は詳しい事を知らないが多分その通りの効力があるだろう。マリアが心配するように何処から手に入れたという問題がある。だからそれは世間に知られないようにすればいい」

「でも地球にとって必要な物よ。世界のエネルギー不足が解消され、医学界に、いいえ人類の一番の悩みである癌やこれまで治せなかった難病も死滅出来るのに、私達の都合で隠し通すなんて出来ない」

「確かに地球、いや人類にとって貴重な宝となるだろう。それを私達の都合で隠すとか知らんふりも出来ないかもしれないな」

「でも私がアルタイル星人と交信を始めたのをどうして知ったの」

「貴女の様子が変だから父のドリューンと相談したの。そこで貴女の事を知るには、あの機械しかないと二十年ぶりに出して来て父に渡したの。本当は処分するつもりだった。でも困った時にきっと役に立つと捨てきれなかったのよ」

「あぁそれで知ったのね。お父さんは今でもアルタイル星人と交信しているの」

「それはない。今の私は完全に人間でありアルタイル星人もそれを認めている。だから交信は一切ない。彼等も私を置いていった負い目があるだろう。その為に娘の君に贈り物したつもりだろうが。だがアルタイル星人は人間の心理が分かっていない。説明しても彼等は人間の心を何処まで理解しているか」

「分かったわ。私もこれでホッとした。やっぱお父さんとお母さんは頼りになるし尊敬出来る。ではあの石をどう公表するか考えてみましょう」

「あら、褒めているの。でもこれからは一人で悩まないで相談するのよ」

「ハイ分かったわ。ねぇこういうのはどう」

「何か良い方法でもあるのかい」

「うんアルタイル星人に今の私の心情を打ち明け、日本政府にアルタイル星人からメッセージを送らせるのよ。それを私に託したと」

「それも一つの方法だが彼等が動いてくれると良いのだが」

それから数日後、マリアから連絡を取ろうとしていたらアルタイル星人の方からメッセージが送られてきた。もちろん例の機械へ。面倒なのでマリアは機械の名前をコミュニケーションとテレポート（瞬間移動）をミックスして『コミポート』と名付けた。このコミポートはアルタイル星人とメール交換みたいな感じだが、地球にはないあらゆる機能を持っている。ある意味スーパーコンピューター以上かも知れない。だが父は人間の姿をしているがアルタイル星人は粒子の集合体だと言っていたから形そのものがないのかも知れない。逆にどんな形にでもなれるのだろうか。蛸みたいだったら幻滅してしまう。マリアも見たいとも思わない。

「やあマリア、私はドレーンだ。先日はありがとう。予定にない海水など送ってくれて大いに役立ちそうだ。我が星にないバクテリアが多く含まれていて役に立ちそうだ。どうかね、あの鉱石は地球の発展に繋がりそうか」

「それがね、あの鉱石がアルタイル星の贈物としても私が頂いたと言えば、どう言う理由で手に入れたのかと追及されるの。私が貴方達と交信して友好関係を結びお礼に貰ったとしても信じないと思うの、私がアルタイル星人二世と言えば父がアルタイル星人と分かり私の家族は大変な事になるの。だから迂闊に鉱石を公表出来ないの」

「ふ〜ん人間って複雑なようだな。分かった安心してくれ。こちらから日本政府にメッセージを送ろう。そこで君を紹介しよう。我がアルタイル星人が地球に降り立った時にバクテリアにやられて重症となったところを、たまたま山に登っていた君に命を救われた。そのお礼に鉱石と機械をプレゼントしたとね」

「ちょっと無理があるけど上手くやってくれる。父と私の素性を明かさない事が絶対条件よ」

「大丈夫だ。まかせなさい。その内に日本政府が君に会いたいと言ってくるはずだ。そう念の為だが二つの鉱石を全部渡しては駄目だよ。一部マリアが保管して置きなさい。そう簡単に割れる石ではないが君が手を翳せば割れる筈だ。勿論小さくなっても効力は変わらない。それはマリアを助けてくれるだろう」

ここは内閣府文部科学省国際監視課兼危機管理室。ここには三百人前後の係員が二十四時間体制で大型コンピューターを母体とした端末パソコンで世界中の情報を管理している。

「主任！　妙な信号をキャッチしました。先ほどから我々と接触を図りたいようですが」

「また新手のウイルスじゃないのか」

「おっ今度は完全に日本語で語り掛けています」

「いったい何処の国だ。日本政府に用があるなら外交ルートを使うだろう。失礼な奴だ」

「いや地球外から送られているようです」

「なんだって？　宇宙からの交信か。しかも日本語で語り掛けているとは信じられん。宇宙監視センターに廻せ。何処から送られているかキャッチさせる」

「はい、こちら宇宙監視センター、既に電波の発信元が分かりました。アルタイル星からのようです」

「それは本当ですか。宇宙人からの交信とは凄い事じゃないですか。いや驚いている場合じゃない。文部科学大臣に報告しなければ」

「なに?? 宇宙からの交信。つまり宇宙人という事か」

「まさか知性のある地球外生物と言う事か」

「しかしアルタイル星まで十七光年もあるんだぞ。今届いたって十七年も前に送ったものかも知れない。因みに月まで光では一秒。太陽なら八分十八秒だ。つまり十七年前の光が今届いたのか、いかに途方もなく遠い星だよ」

「その通りですよね、ちなみに交信出来たとしても地球から送っても十七年かかり返信が十七年、往復で三十四年もかかっては意味がない」

宇宙から我が日本国に交信しているという情報の知らせに文部科学大臣は驚いた。これまでUFOとか世界各地で噂は絶えないが、どれも未確認で宇宙人の存在が謎とされている。それが日本語のメッセーシが送られてきたと報告が入った。文部科学大臣はまたデマだろうと宇宙監視センターに向かった。監視センターではたった今、日本語でメッセージが届けられた。これは完全なるアルタイル星からのメッセージだ。

文部科学大臣はそのメッセージを宇宙監視センターで確認した。

『ようこそ地球の諸君。我々はアルタイル星から発信している。諸君は光の速さで届く時間を計算しているようだが我々は違う。しかし十七光年は余りにも遠い。だが時間の空洞を使えば瞬時に届く。つまり諸君が読んでいる文章は時間差がないリアルタイムで届く。またそちらの情報を送れば我々は時間の空洞に入れ、やはり瞬時に届く計算だ』

「時間の空洞？　まさかそんな事が可能なのか。信じられん。では我々の音波も時間の空洞を使うのか。どうやって？」

『説明は難しい、時間の空洞は我々が調整する。信じられないなら。今何か聞きたい事を送ってくれ即座に返答する』

このメッセージは宇宙監視センターと文部科学大臣に同時に届いている。双方のスタッフが一斉に溜め息をつく。だが本当に宇宙からのメッセージなのか信じられない。何処かの国の誰かが悪戯をしているんじゃないかと。試しに返信を送った。

「我々は俄かに信じがたい。本当にアルタイル星からなのか証拠を示して欲しい」

『信じられないのも無理がない。我々は何故、貴方達の国へコンタクトしたか、まずそれから説明しよう。ある若い日本人女性に我々の仲間を助けて貰った。そのお礼に鉱石と機械をプレゼントした。彼女はその機械をコミポートと名付けたそうだ。彼女が我々の使者だと思って良い。なお彼女は特殊能力の持ち主だ。接触したいなら連絡をくれ。こちらから彼女が直接、文部科学省に出向くよう連絡しておく。なお我々は友好を望んでいる。友好の印に彼女に鉱石を託した。その鉱石は地球のエネルギーと医療革命を起こすだろう。尚、彼女は数日後にそちらを訪ねるはずだ。丁重におもてなしをしてくれ』

「どんな女性ですか、彼女の名は？」

『若い女性だ。たぶん彼女はこう言うだろう。コミポートそれが本人の証明だ』

そこで通信は切れた。やはり地球以外から送られたものだと分析の結果分かった。しかもリアルタイムに交信が出来た。これも凄い事だが宇宙人の存在が明らかになった。政府も我々も友好を望むと送信して、それでは早速彼女を出迎える準備をしておくと伝えた。

第五章　会議室での出来事

二日後マリアは事情を家族に話した。

「アルタイル星人が日本政府にメッセージを送ったそうよ。私、これから行ってくるね」

「分かった上手く説明して来てね」

　アルタイル星人が日本政府にコンタクトを取ったが未だに政府は信じられないようだ。彼女が直接出向くと伝えた為、何処の誰かさえも分からない。いや宇宙人なのかも知れない。ともかく今日来る予定だと聞き政府関係者は不安と期待が入り交じっているようだ。万が一の為に文部科学省周辺に機動隊が待機している。但し目立たないように近くのビルに潜んでいるようだ。マリアは会社の面接に行くようなスーツを着込んできた。ラフな格好では失礼と思ったのだろう。マリアは文部科学省に向かった。何故か警察官があちこちに見られる。それもそのはず右側に警視庁、左側には検察庁がある。マリアは受付に来た。住所氏名と身分証明書、行き先、要件を記入して申請する。その手続きが面倒だ。マリアは受付嬢に言った。

「あの文部科学大臣にお会いしたいのですが、お取り次ぎ願いますか。そう言えば分かると思います」

「ハァ～？　取り敢えず其処に記入し身分証明を示しものを提示して下さい。それと文部科学大臣など簡単に会えませんよ」

受付嬢は呆れた顔で睨みつけた。

「とにかく、そう伝えて下さい。でないと帰りますよ。あっそうそうコミポートそう伝えて、そう言えば分かるはずよ」

困った受付嬢は本部に「妙な女性が来て大臣に会わせてと言っています。それとコミポートと訳の分からない事を言っています」

それを聞いた管理官がキタッと叫んだ。

なんか揉めていると見たのか警備員が寄ってきた。其処に慌てて誰か走り寄ってきた。

「大変失礼致しました。もしかして貴女が例の方でしょうか」

文部科学省の関係者の者らしい。例の方ですか。誰の事ですかと言われれば別人だ。だが彼女は即座に答えた。

「あっ、はいそうです。私もこういう場所は馴れないもので」

「いいえ、いいえどうぞ。大臣がお待ちしております」

これには受付嬢も警備員も口をアングリ開けて驚いている。若い娘が直接大臣に会うなんて前代未聞だ。マリアは丁重に案内されて七階にある立派な会議室に通された。既に文部科学大臣の中曽根（なかそね）幸三（こうぞう）とお偉方五人にスタッフ十数名が待っていた。其処に入ってきたのがマリアだ。なんと何処かの女優かモデルのような容姿をしている。しかしあまりにも若いので周りは驚いている。こんな小娘を宇宙人は使者として送ったのか。特殊能力の持ち主と言うが一体何者？　とは言え大事なお客様である。全員笑顔で出迎えた。

「よくいらしてくれました。私が文部科学大臣の中曽根幸三です。どうぞお座り下さい」

会議室に入ると関係者が十七名ほど一斉にマリアを見た。第一印象が誰かがモデルを呼んだという感じ。それにしても若い若すぎる。マリアは設けられた壇上に立った。

「初めまして東野真理亜です。早速ですが疑問から説明しましょう。私とアルタイル星人の関係から説明します。お断りしておきますが私はれっきとした日本人……と言っても母が日本人、父がイタリア人で、宇宙人でもありません」

そう言うと場内は笑いが広がった。戸籍上はイタリア人の父と日本人の母のハーフであり見た目も完全なる日本人には見えないが宇宙人二世とは思わないだろう。

「ある日、私は八ヶ岳連峰の蓼科で宇宙人と遭遇しまして……とは言っても笑うでしょうね。まぁ笑わず聞いて下さい。私が生まれる前ですが『E.T.』という映画があったそうですね。私はその映画をビデオで観ました。そう映画の冒頭シーンのような感じでした。蓼科の上空が暗くなり空を見上げ流れ星かと思ったら急激に大きくなり、あっという間に宇宙船は着地したのです」

そこで誰かが口を挟んだ。

「宇宙船が山の山頂とは言え、誰かが見ていると思うのですが、これまで宇宙船飛来とか情報がありませんでしたが」

「その通りだと思います。なにしろ戦艦ほどの大きさですが分からないはずがありません。それが人の目に留まらず私だけが知っているのは不思議です。ただ宇宙人は何らかの装置を使ったとか、また見た人の記憶を消し去ったとしか考えられません」

「するとマリアさんは宇宙人から選ばれた人という事ですか」

「多分そうかも知れません。現に今の私は宇宙人と交信が出来ますから」

「交信？　マリアさんは宇宙人と交信が出来ると言うのですか、どんな方法で」

「まあその話は後程、遭遇した経過から続けます。それは円盤型ではなく戦艦のような形をした宇宙船で音もなく横扉が開き一人の人間がバッグを持って出てきました。ただフラフラして私の前で倒れてしまいました。私はてっきり宇宙飛行士かと思いました。驚いた事に彼は日本語でこう言いました。『どうやら私は地球の菌にやられたそうだ。助けて欲しい』彼の話を聞くかぎり風邪の症状に似ていました。私は常に最低限の常備薬を持ち歩いています。その中に風邪薬があり彼に見せました。ところがその薬を見て目が青白く光り薬を調べていました。これはもう人間ではないと悟りましたが、相手が誰であろうと弱った者を見捨てられないと介抱してあげました。薬が有効か毒か調べたのでしょうね。彼は安全と思ったのか飲んで暫くして楽になっていきました。その宇宙人は地球の細菌にやられたようです。その細菌は風邪の菌でした。笑うかも知れませんが人間には軽い病気でも宇宙人には免疫がなく瀕死の重症だったのでしょう。暫く休ませておくと夕方になり、体調が回復し彼はやがて立ちあがり私を見つめました。勿論その間、色んな事を話しましたが詳細は省きます。この時点で私は脳をコントロールされたのか分かりませんが脳に何か埋め込まれたのかも知れません。彼はありがとうと言って立ち上がり、やがて母体から放出した小型宇宙船が下りて来てその宇宙船に乗って帰っていきました。だからそれ以外の宇宙人と接触していません。それから何故か私はアルタイル星と交信出来る能力を得ました。それだけじゃなく彼らは私を通して地球と接触を図りたいようです。それから何ヶ月かしてアルタイル星人が私を蓼科へ登るように連絡が来ました。すると上空母船から放たれたカプセルが降りて来て御礼の贈り物だというのです。それがこれです」

マリアは母佐希子と父ドリューンが初めて会った時の話を、母から自分に置き換えて説明した。更に宇宙人も元気になり宇宙船で帰った事にした。これで父のドリューンが疑われずに済む。

「マリアさんはその時に宇宙人から脳や身体に何か埋め込まれたのでしょうか」

「分かりません。でも今思うと色んな兆候があります。その一つが宇宙人と交信出来る事です。ただ脳はコントロールされていないと思います。私はあの時に宇宙人に言いました。人間と友好を望むなら人間をコントロールしないと約束してと」

マリアは金属の箱から二個の石を取り出した。見た目はなんの変哲もないようだ。

「この赤みがかった鉱石はエネルギーを半永久的に産み出すそうです。因みにこれ一個で原子力発電所と同等のエネルギーがあるそうです。次に青みがかった鉱石はバクテリアを破壊する強烈な光が一点を攻撃し死滅されるものだそうです。もちろん癌も破壊出来るそうです」

「なっなんだって原子力発電同等のエネルギーしかも永久にとは？　私は素人なので分からないが科学者に見て貰おう。そしてこの青みがかった石が癌を死滅させるというのかね。信じられん。これも医学博士に見て貰う必要がある」

「そうしてください。因みにこの鉱石は地球にある三つの鉱石を組み合わせる事により同じような鉱石を作り出せるとか。その仕組みは分かりませんが詳しくはアルタイル星人に聞いて下さい。この石が日本の為、世界、いや人類に役立つものである事を祈ります。さてこんな若い娘がアルタイル星人の使者と信じがたいでしょうが私は何故かアルタイル星人に気に入られたようです。特殊能力かどうか分かりませんが私はアルタイル星人と接触してから気が付かぬうちに何らかの能力が備わったようです。この小さなパソコンのような物をご覧ください。まずこれは私しか操作出来ない構造になっており、如何にアルタイル星人の知能が高いかこれを見ると分かります。因みに私はこの機械をコミポートと名付けました」

　確かにアルタイル星人もコミポートと名付けたと聞いていた。間違いなく彼女は指名された女性である事が証明された。

マリアはそのコミポートを取り出した。確かにパソコンに似ている。十七インチほどの画面はあるがキーボードもマウスもない。更に電源コードもない。全員が中央のテーブルに置かれたコミポートを喰い入るように見つめた。マリアはその画面に手を宛がう。すると画面から放射線の輪が浮かび文字と絵のようものが空中に浮かび上がった。しかもどの角度からでも読み取れる。全員がオーの声をあげた。

『我々はアルタイル星人である。地球の諸君、例の鉱石を受け取って頂いただろうか。きっと地球に役立つと信じている。友好を結ぶと言っても我々は地球に降り立つ事が出来ない。その理由は御存じだろう。人類もまた我々の星まで到達する技術もない。よって当面はこのような通信のみで友好を保ちたい。いずれ我々が地球の細菌に耐えられる体力を得たら、また人類がアルタイル星まで来られる技術が出来る事を祈る。当面はマリア嬢を通して良き関係を結びたい』

全員が読み終えるとマリアは画面の手を払った。するとみんなが溜め息をついた。

「まさしくこの機械も我々にない技術だ。だが不思議なのはなぜアルタイル星人は姿を見せないか」

「それはアルタイル星人に本来形はないのです。一言で言えば粒子の集合体だと彼らは言っています。人間の姿一人を作りあげるにしても大変な数の粒子が必要なのです。では何故物体がないのに人間の姿や色んな物体に形を変える事が出来るのか、また宇宙船を作る事が出来るのかという疑問が浮かぶと思います。そこでベガ星の存在があります。ベガは織姫、アルタイルは彦星。七夕での物語のような関係にありベガ星人は物を作る体力を持っているが知力がない。そこでアルタイル星人は知力を使ってベガ星人に物を作らせ、その代わりアルタイル星人は知識を与える。二つの星が協力する事により発展しているのです」

「ほうでは七夕の物語はただのお伽噺ではなく既にそんな関係があったのか」

「他に何かご質問がありますか。私が分かる範囲なら説明致します」

「東野さんは、いつでもアルタイル星人と交信出来るのですか」

「いつでもではありませんが、私かまたはアルタイル星人が交信したい時は互いに信号を送ります」

「信号といいますと、交信出来る方法はそのコミポートとか言う機械ですか」

「会話というか音声というかその辺はコミポートを使いますが、まず用事がある時はテレパシー、私の脳波から信号を送ります」

するると全員が驚いた。機械じゃなく脳波だと言う。みんなは薄笑いを浮かべた。いくらアルタイル星人の使者と言っても信じられない。マリアも分かっていた。しかしなんと答えれば良いのだろう。説明しても分からないだろう。

「以上、私の役目はここまでです。どうぞその鉱石を日本の為、人類の為に役立てて下さい」

二つの鉱石は文部科学省の関係者に渡された。

するとー人のスタッフがマリアに質問した。というより興味本位なのかも知れない。何故か疑わしい眼つきだ。こんな小娘が宇宙人の使者というのが気に入らないのだろう。

「あの～東野さんと申しましたか。特殊能力の持ち主だと伺いましたがどのような能力をお持ちなのでしょう。出来れば披露して頂けますでしょうか」

マリアは元々、宇宙人二世である。宇宙人と最初に遭遇したのは母であり、マリアは生まれた時から既に特殊能力を持っていた。しかし宇宙人二世とは言えず宇宙人と遭遇して特殊能力を得た訳ではなかった。

マリアはその男をギロリと睨む。先ほどまでの穏やかな雰囲気で話していた表情が一変する。あの眉毛に下にあるホクロのような物が光った感じがした。

「そんなに特殊能力に興味がありますか？　特殊能力は見せ物じゃありませんよ。興味本位な考えならお止め下さい」

その男は尚も挑発的な行動に出た。ニヤニヤしながら更に続ける。同僚は失礼だぞ。止せと小声で言っているが聞く耳を持たない。

「やはりな。今どき超能力なんてマジックか漫画の世界でしかない。出来ないなら超能力なんて言わない方がいいよ。人に笑われるよ」

挑発されている。もはやマリアは我慢の限界に来た。やはり宇宙人の使者と言うのは信じられないだろう。それでは私の役目は疑われる。こう小馬鹿にする奴は許せない。マリアはその男の前に立った。名札には秋口義弘と書かれてある。マリアの眼が青白く光ったような気がするが、それに気づいたのは正面にいる秋口だけ。その秋口が何を思ったかハンカチを取り出しマリアの靴を磨き出した。周りは何が起きたのか、先ほどまでの挑発的な態度が消え、マリアに操られているかのようだ。

周りはざわついた。同僚が秋口に声を掛ける。

「お前何やっているんだ。まさかゴマすりか」

秋口はハッと我に返った。

「俺なにかしたのかい……分からない催眠術にかけられたのかも」

「違いますよ。催眠術じゃなく一時的に脳を支配しました」

周りはざわついた。先ほどの挑発的な態度から一変、目がうつろで先ほどの元気はどこに行ったのか。

それで終わればたいした事なく終わるのだが、マリアの手がスーッと上に挙げられた。それと同時に秋口の身体が少しずつ浮き上がる。周りが騒めき出した。秋口の身体は更に上がり始める。そして何故か会議室の窓ガラスが勝手に開き外から風が入ってきた。すると秋口の身体が泳ぐように頭から突っ込んで行った。そのまま秋口は窓から飛びして行った。周りが一斉に止めろと悲鳴をあげる。マリアは何も言わず両手を交差させた。すると窓に飛び出したはずの秋口が空中で浮いている。周りはまた騒めきマリアと秋口を見比べた。しばらくしてマリアは手を払った。すると秋口がフワフワと会議室に戻ってきた。だがこれでは終わらない。隅に飾られている花瓶を見た。次の瞬間マリアの眼から光線が放たれ花瓶が粉々に吹き飛んだ。別にマジックショーではない。会議室はワーと悲鳴があがり声も出ない。

「御免なさいね。見せ物じゃないとか言っておきながら使ってしまいました。これで私が普通の人間ではない事がお分かりかと思います。では最後にもうひとつお見せしましょう。みなさんのスマホを出してください」

それぞれスマホを取り出して画面を見た。何も操作して居ないのに画面にマリアの顔が出てきた。そしてこう語りかける。

「皆様にお会い出来て光栄です。私から皆様にプレゼントがあります。皆様が現在使っているスマホですが、これからは充電が不要です。壊れない限り永久に使う事が出来ます。更にWi-Fiは日本いや世界中どこでも繋がります。勿論パスワードは不要です。但し悪用はしないでください。嘘だと思うなら今日、明日充電しないで試して見てください」

スマホの画面を見終えて、驚きとざわめきが起こった。今すぐ証明出来ないのに信じろと言うのかと言う疑いの目で見ている。

「でしょうね。では一旦皆様のスマホを一時預からせて貰います」

マリアの眼が光った。青白い光線が放たれた。この時誰もが思った。やはりマリアは宇宙人なのだと。その光線が此処にいる全員にそれぞれ一本の光線が飛んだ。ワッと全員が驚いたと同時にマリアのいるテーブルに音もなく集められた。そう全員のスマホが各自の手から離れテーブルに置かれたのだ。

「ではアルタイル星人から頂いた鉱石のエネルギーが如何に凄いか試してみましょう」

更にマリアはスマホと鉱石を目がけて両手をかざした。

マリアの指と指の間に穴がありそこからエネルギーが放射された。これは人には見えないがエネルギーを送った。数秒後またマリアの眼が光った。もう会議室はパニック状態になった。マリアは叫ぶ。

「はぁい皆さん、これでお分かりでしょう。私がアルタイル星人と交信出来ることを信じてもらえますでしょうか。皆さんの手元にスマホが戻っていますか、電池の量が増えていませんか」

また全員が驚く。テーブルに集められたはずのスマホが手元に戻っていた。これをマジックと言うには無理がある。ここにいる職員や役人全てのスマホが一度手から離れ再び戻されたのだ。

「では皆さん各自のスマホの電池の容量を見てください。充電されているでしょうか。但し百％にすると故障しかねないので八十五％にしました。常に八十五％ではなく三十％くらいまで減りますが、そこから自動充電が始まり、その繰り返しです」

　全員がスマホを見る。電池の量が全員八十五％になっていた。全員が驚く。マリアが一旦集めて戻すまでの時間は一分程度、一分で充電が完了する訳がない。マリアの超能力を疑っていた人達も納得し拍手が起こった。

　感動した大臣が握手を求めてきた。するとマリアは最後に文部科学大臣に耳打ちした。ここでの出来事は口外しないようにと頼んだ。もっともマリアなら此処での出来事を消し去る事は出来るが、あまり人の脳をコントロールする事を避けたのだ。

「以上で終わりです。本当に永久的に充電しなくて良いか試して下さいね。ただ改造はしない事。大やけどか怪我をしますから。では失礼致します」

　全員が大きな拍手をするが、本当に人間なのかと疑う人も。あれはアルタイル星人の使者じゃなく本物のアルタイル星人じゃないのかと思った。

　マリアはちょっとやり過ぎたかなと反省していた。

「私も挑発に乗りムキになったようね。大人げない事をした」

　マリアが帰ったあと大臣が言った。

「驚いたね。あれはマジックにしては恐ろしい。彼女は特殊能力者と言うのは嘘じゃないらしい。彼女は我々とアルタイル星人を繋ぐ唯一の女性だ。彼女に何かあっては困るのでアルタイル星人は自ら自分の命を守る為に特殊能力を与えたのだろう。それなら納得もいく」

マリアは久し振りに家で寛いでいた。

「マリア何をしているの？　貴方の好きなケーキ買っておいたから食べる」

母の佐希子の声だ。マリアは分かったと言ってリビングに入ってきた。父のドリューンは新聞を読んで寛いでいる。マリアは分かった……テーブルにはコーヒーとケーキが並んでいた。マリアはケーキを一口食べて少しすると顔が歪んだ。急に腹が差し込まれるような強い痛み。

「マリアどうしたの、顔が真っ青よ」

「分からない。お腹が凄く痛いの」

そういって床に倒れてしまった。佐希子は慌ててドリューンに「貴方、マリアが変よ。救急車を呼んで」とマリアを抱き起こした。

まもなく救急車が到着、そのまま市民病院に運ばれた。二時間の検査の結果、膵臓がんの疑いがあると。しかもステージ三だと言う。このまま入院し再検査に手術すると言う。

佐希子とドリューンは慌てた。勿論癌だから命に関わるが同時にマリアを色々と検査されたら人間にない細胞などが現れたら大変な事になる。

一度個室に帰されたマリア、それと両親の三人で話し合った。三人とも同じ考えだ。そこで思い出したのが、あの宇宙からの贈り物の石だ。君に役に立つはずだと一部家に保管してある。早速ドリューンは家に帰ってコミポートを取り出して調べた。

医療に役立つ青みがかった鉱石を調べた。素人では鉱石を患部に当てただけで治る筈もない。

これは政府機関に相談するしかないとマリアに相談した。マリアは文部科学省の政務次官に連絡を入れた。癌で入院していると伝えた。今の病院で色々と検査されると困ると伝えた。政務次官は慌てた。今やマリアは重要人物、早速、政府機関の運営する病院へ転院させた。

その病院に青みがかった鉱石を使用する事を勧めた。病院側はコミポートを見て使い方を覚えながら進めた。その結果手術ではなく青みがかった鉱石を放射する事で治る事が判明した。勿論特殊な医療器具に鉱石をセットしてから始める。その日の夕方、放射が行われ三時間後に全ての腫瘍が消えた。医者は驚いた。再発心配どころか跡形もない。文部科学省から聞いていたが、なんと凄い鉱石なのだろう。

マリアは身を持って鉱石の効力を証明した事になる。政府はもとより医学界に革命が起きたのだ。これは人類にとって輝かしい一ページとなるだろう。日本は近く世界に発表し莫大な金を手に入れる事になるだろう。

第六章　エスパーマリア

　それから文部科学省では地質学者、宇宙研究学者、医学博士などを結集させてアルタイル星から贈られた鉱石を分析していた。見た目はなんの変哲もない石のようだが、ひとつは何故か熱を帯びてきた。やはり中で強いエネルギーが働いているようだ。もうひとつの石は簡単に割れた。その一部を電子顕微鏡で見ると細かい粒子がある事が分かった。これまでも粒子治療が行われてきた。この鉱石の粒子は微粒子同士の衝突で光を帯びている。まるで生命が蠢いているような。やはり地球上に存在しないエネルギーがある。確かに医学界に大きな進展を見せるかも知れない。

　マリアが言っていた。同じ鉱石を地球上にある三つの鉱石を組み合わせればほぼ同じような鉱石を作り出せると。これが成功すれば地球上で多く鉱石を作り出せる。但しその方法はアルタイル星人しか知らない。つまりこれからもアルタイル星人と友好関係を結び知識を得るしかない。

　それから各医学界の施設に鉱石を五個に分けて送られたが、念の為にもう一個は国で厳重に保管してある。

　だが横浜医科国立病院に送られるはずの鉱石が何者かに奪われた。医学界にとって貴重な鉱石だ。早速警察が捜査に乗り出した。分散した鉱石の大きさはマウス程度の小さな物をジュラルミンケースに入れて輸送中だった。人通りの少ない道路を走行中に前の黒いワンボックスカーが急停車すると、後ろから同じく黒いワンボックスカーが停止し拳銃で脅され、三人の乗組員は縛られジュラルミンケースを奪い逃走したという。これは計画的に行われ大きな組織が裏に存在すると見たが、犯人達は覆面を被り三人の被害者は目隠しされ、まったく犯人の手掛かりがつかめない。これは一大事だ。万が一国外にでも流れたら大変な事になる。総務大臣から依頼を受けた政務次官がマリアに連絡してきた。

「東野真理亜さんですか。誠に申し訳ありません。貴女が届けてくれた青っぽい鉱石の一部が横浜医科国立病院へ移送途中何者かに奪われてしまいました。我々も必死に捜査しておりますが未だに手掛かりが摑めません。貴女の力をお貸し願いませんか」

「え～奪われたとは穏やかじゃありませんね。しかし何故、そんな鉱石を輸送していると気づいたのでしょう。文部科学省に潜んでいるスパイとか」

「迂闊でした。そうかもしれません。確かに現金輸送車でもないのに、その鉱石が価値あると知っての犯行だと思います」

「取り敢えず電話では詳しい事が分からないので、そちらに伺います」

「助かります。何なら迎えの車を行かせましょうか」

「いいえ、バイクの方が早いですから何方か文部科学省正面で待っていてください。面倒な手続きを省きたいので」

間もなくマリアはバイクで文部科学省玄関に到着した。すると足早に駆け寄って来て一人がバイクを預かり、もう一人が中に案内した。政務次官と数人の役人が待っていた。一通り状況を聞いたマリアは持ってきたコミポートを取り出した。今ではこのコミポートの使い方を覚え、色んなデーターを詰め込んである。その中には例の鉱石も入っている。マリアが手かざすと、青白く淡い円が浮き上がる。暫く操作しているとマリアが声を上げた。

このコミポーとはパソコンの要素もだが沢山の機能を持っていた。再び手をかざし鉱石の居場所を探す。文科省に保管している鉱石は文科省の現在地が点滅している。他に各地に送られた医療機関でも点滅している。そして新たに点滅している場所が分かった。

「あった！　たいへん横浜埠頭よ。此処から外国に持ち出すつもりのようよ」

「なんだって、船名は分りますか」

「ＫＥＵＭ ＹＡＮＧ Ⅶとなっています」

「これはＫ国の貨物船ですよ。すぐ横浜の海上保安局に連絡させ出航を停止させましょう」

それが分かりマリアと政務次官他三名が向かった。ところが犯人達は停船させられたと知り車で逃走した。パトカー五台で追跡したが、なんと彼らはＫ国横浜領事館に逃げ込んだ。このまま領事館に乗り込めば国際問題になる。しかし犯人達は間違いなくこの中に逃げ込んだ。領事館の門の前で押し問答が繰り広げられた。

「貴方達は犯人を庇うのですか、相手は犯罪者ですよ」

「ですから知りません。どうしてもと言うなら本国に連絡して国際問題に持ち込みますよ」

その押し問答を見ていた政務次官は苦り切った顔をしてマリアを見た。まるでマリアに助けを求めているようだった。この政務次官はマリアの能力を認めている。あの会議室での出来事、一部記憶は消し去られたが微かに眼が光ったのを覚えていた。あれは普通の人間ではない。彼女ならやってくれる。政務次官の眼で哀願しているように映った。マリアは仕方ないと小さく頷いた。「貴方達も此処で領事館の人と執拗に食い下がっていてください」そしてマリアはその場から何処かに消えて行った。


マリアは領事館の裏手に廻った。いま正面で押し問答しているから裏は手薄になっている。マリアは裏手にある三メートルの塀を跳躍して軽く飛び越えた。勿論裏にも防犯カメラは設置してあったが、跳躍しながら防犯カメラの位置を瞬時に確認すると眼が光り光線を防犯カメラに浴びせた。防犯機能は停止したがブザーは鳴らなかった。なんなく領事館の裏手に忍び込み、各施設を見るというより人の気配で探す。職員は居るが領事館内には犯人らしい者がいなかった。マリアは人の呼吸の乱れまで読み取る事が出来る。マリアは変だなと思った。領事館本館とは別に離れの倉庫みたいな建物がある。その倉庫に向かって手をスライドさせた。手に感触が伝わってきた。まるで手にセンサーが付いているようだ。マリアはどんどん進化している。六人ほど潜んでいるのが分かる。こちらは呼吸が激しく波うっている。マリアは呟いた。

『さてどうやって捕まえようか。騒がれたら困る。出来れば一人一人ではなく一度に片付けたいものだ』

マリアは倉庫の前に立った。ドアには内鍵が掛けられているようだ。外側だと鍵を外す事は出来るが内側の構造まで分からない。こうなれば炙り出すしかない。マリアは倉庫の外壁に向かって大きく深呼吸した。掌を壁に充て力を込めた。掌から何かが放たれているようだ。そのまま三分、四分と過ぎて行く。すると倉庫の内部が騒がしい。炎が出た訳ではないのに倉庫内の温度が急上昇してゆく四十度、五十度、六十度。犯人達は悲鳴を上げて自ら出てきた。その隙をマリアは逃さなかった。マリアは叫んだ。見つけたぞ！　一斉にマリアを見ると同時にマリアの眼が光った。六人の男達は眼を押さえ転げまわった。あの暴走族に浴びせた光線と同じものだった。そう眼に唐辛子の粉末を塗り込まれたような強烈な痛みが走る。それは想像を絶する痛みだ。その男の一人がジュラルミンケースを持っていた。それを簡単に奪い取り、中を確認する。間違いない、あの鉱石だった。取り返せば用はない。本来なら警察に引き渡すところだが国際問題とかなんとか騒がれては困る。記憶を消す事が出来るが敢えてほって置いた。マリアは塀を跳躍し裏手の通りに出て政務次官に電話した。

「終わりましたよ。撤収しましょう」

「えっ早い。流石です。お礼は後ほどとして撤収しましょう」

領事館の前では未だ揉めあっていた。それが日本の役人達が急に引き上げたのでホッとしたというより驚いていた。まぁ引き上げてくれれば問題ないと思っていたら領事館の中庭の方が騒がしい。まさか裏から入ったのか。いやそれなら此処は我が領土。許されるはずもない。

しかし裏庭のある倉庫の前で六人の男達がのたうち廻っている。誰にやられたと聞いても何がなんだか分からないと言う。倉庫の中の温度が急激に上がり火事かと思ったが、火事ではなかった。暑くて堪らず外に出たら何か光線のような物を浴びたというのだ。

「日本の特殊部隊が入ってくるのも考えにくい。それこそ大問題だ。領事館に勝手に侵入すれば世界中から非難される。だとすれば少人数いや一人かもしれない。だとすれば日本にはエスパーでもいるのか？　日本には凄い奴がいるものだ。しかし日本政府に訴えれば、自分達の悪事が発覚する。悔しいが何も出来ん」

一瞬だが確か若い女が立っていた感じがするとこれも確かでない。それも一瞬で顔まで分からない。幸い全員暫くして眼が開けられるようになり怪我もなかったが盗った物を取り返されてしまった。まさか日本政府に盗った物を返せと抗議も出来ない。ただ押し黙るしかなかった。

文部科学省に戻った次官達は高笑いをしていた。奇跡的に取り返す事が出来た。しかも盗んだ相手がK国の手の者とはなんたる汚い国だ。抗議に来るなら来てみろ。お前達の犯罪が明るみに出るだけだ。抗議も出来まいと笑った。

此処は政務次官室。その部屋の中には政務次官とマリアだけだった。

「本当にありがとうございました。マリアさん。やはり貴女は特殊な能力を持っているようだ。目の前でハッキリ見た訳ではありませんが、その力もアルタイル星人からの贈り物ですか。それとも元々そんな能力を持っていたとか。まるで半分宇宙人のようだ。いや悪い意味ではなく凄い能力だと思って。いずれにせよ。貴女のお蔭で貴重な鉱石を守れました。感謝の言葉だけでは済まされない。政府としても何かお礼を差し上げたいが」

「何も要りません。私はただの大学生であり日本人です。お国の役に立つのであればいつでも声を掛けて下さい。それより今回のように情報が洩れては大変です。厳しく管理してください」

「申し訳ございません。この鉱石が如何に大事な物か改めて責任を痛感しております。よって早急に会議を開き管理を徹底します」


そんな時、アルタイル星人のドレーンから連絡が入った。

『どうかな、あの鉱石は役にたっているだろうか。その鉱石に関してトラブルが起きているそうだが、人間でも色んな人種が存在するが心も善と悪があるようだな。まるで弱肉強食の世界。強い者が支配する。我々には考えられない事だ。どうやらマリアに特殊能力は休まる暇がないようだな。それと君が大きな病気になったとか』

「そう。でもあの鉱石のおかげで人間に不治の病と言われた癌を撃退出来ました。これも貴方が贈ってくれた鉱石のおかげ」

「それは良かった。人類に役立つならこれからも新たに鉱石を進呈しよう」

「ありがとう。私もアルタイル星人に役立つ物を探して送りましょう。アルタイル星人と人類の発展の為に。それと人間には善と悪があり戦争が絶えないの。これが人間の性、善人だけだと闘争力を失い人類の発展はない。ある意味、悪があるから対抗勢力が生まれ進化していくのが人間。悲しいかな人類は弱肉強食の世界なのです」

『なるほど我々には理解出来んが、困ったら相談してくれ』

「ありがとうドレーン。大丈夫、私はアルタイル星人の血を受け継いでいるもの。人類の発展の為に私は貰った能力を最大限に使わせて貰うわ」


　ところでマリアの報酬はいくらだろうか。マリアにとってそんな事はどうでも良い。両親と自分が幸せなら、そして国の為、世の為に役立つのであれば。それが私の使命。

　そう言うマリアもいつか結婚して子供が生まれたら宇宙人三世が誕生する。そして子孫が増えていけば、いずれアルタイル星人の血を引いた者が増えていく。果たしてそれで良いのか答えは誰にも分からない。

了

選ばれし者

時は室町時代、京都周辺を流れる宇治川がある。

この周辺に住む村人は毎年のように宇治川が氾濫し大きな被害が続いていた。困った村の長宝次郎(おさほうじろう)は、村の住民を呼んで集会を開いた。そんな中とんでもない事を言いだした。

「皆の衆、良く聞け。この宇治川の水で米や作物など作る事が出来る。また多くの荷物も舟で都まで運ぶ事も出来る。村人や農家になくてはならない大事な川だ。我が村には生きていく上で欠かせない川だ。だが時として宇治川は悪い事もある。それは水害で毎年のように、氾濫で何十人も命を落としている。これは宇治川の神様が怒っているからだと占い師様から御告げがあったのじゃ」

「神様が怒っている？　何処の占い師がそんな事を言ったのじゃ。で、どうしろと言うんだ」

「その神様の怒りを鎮めるには、なんでも人身御供が必要だと言うておる」

「それって生け贄って事じゃろう。村の誰を差し出せというのじゃ」

「若い娘が良いそうだ。それも生娘でないと駄目だそうだ。毎年のように何十人も亡くなっているんだ。それを考えたら一人で済むじゃないか」

「馬鹿な事を言うな、人を救う神様が生贄を差し出せとは理不尽じゃないか、そんな神様は神ではない。神様なら見返りを求めず我々を助けるべきだ。だから我々も沢山のお供えをしてきたのに。娘を差し出せとは許せない」

そうだそうだと、その話を聞いて村の衆が怒りだした。誰が村の大事な娘を差し出すというのか。

「だったら長の娘を出せば良いだろうが、三人もいるのだから一人くらい、いいだろう」

村の衆はそうだそうだと更に騒ぎだした。

村の長も痛いところを突かれた。このままだと自分の娘がやり玉にあげられる。村の長としての特権乱用だと騒がれてしまう。そこで村の衆に餌を撒いた。

「何もタダで差し出せと言ってはおらん。差し出した者は三年間年貢米を納めなくて良い。他に二十両と一年分の米を提供しよう」

村の衆はその話を聞いて黙った。ここんとこ何年も水害に遭い誰も生活が苦しかった。中には飯もろくに食えず餓死した者もいる。確かに美味しい話ではあるが可愛い我が娘を生贄にするなんて酷な事だ。

「まぁよく検討して返事をくれればいい。但し早い者勝ちだ。待っているぞ」

この早い者勝ちは効いた。人は早い者勝ちと言われれば反応してしまう。遅れてしまった者は、この条件にありつけない。もはや反対より早くこの良い条件を飲んだ方が勝ちだ。もはや村長の娘をどうこうではなくなった。早い者勝ちと言われれば、こんな条件はそうない。村の衆は家族で相談すると帰っていった。娘を差し出し家族の安泰を図るか苦渋の選択に迫られた。

そして茂助（もすけ）の家でも家族会議が開かれた。茂助の家族は息子二人に娘一人、それに年老いた母がいる。だが茂助の妻は栄養失調で亡くなっている。家長として、もう栄養失調で家族を失いたくない。

息子の二人は貞助（さだすけ）二十一歳と助造（すけぞう）十九歳そして娘のイネは十六歳で今回の生贄の対象者である。すると茂助の母でありイネの祖母のタネが言った。

「まさか、おめぇイネを差し出そうなんて考えているんじゃないだろうな」

そうだと言えない茂助は何も言えず黙って下を向いた。それを察した二人の息子が文句を言った。

「とうちゃん馬鹿な事を考えないで。いくら困ってもイネは大事な家族であり可愛い妹だ。そんな事が出来る訳がない」

「言われなくても分かっている。じゃけんお前達の母ちゃんだって栄養失調で亡くなっているじゃないか。これ以上病人が出たら一家は滅びる。不作で俺達が喰う飯もなくて、芋粥の毎日だ。もはやどうにもならねぇ」

暫く黙って聞いていたイネが言った。

「うちで役に立つならうちが行く、それで借金も返せるし年貢米を納めなくて済む、こんないい話ないいじゃないか」

「ばかを言うでない。ならば婆ちゃんが行く、それで良かろうが」

「婆ちゃんの気持ちは嬉しいが若い生娘でないと駄目だってさ」

「そんなのおかしいって、誰が考え出したんだ。きっとスケベな代官に決まっている」

一番幼いお前を犠牲にして生きていけるわけがないと。そう言うが打開策が見つからない。このままなら本当に一家がみんな死んでしまう。結局は誰も何も言えなくなった。早い者勝ちと言っている、決断が遅れれば、誰かが選ばれ全てが終りだ。家族は何も言わなくなったがイネは決心した。覚悟を決めたイネは家を飛び出し村の長の所へ駆け込んだ。みんなは泣きながらも止める事が出来なかった。少しでも遅れたら他の娘が選ばれてしまう。イネは真っ先に村長（むらおさ）の家に走った。そしてイネは村の長、宝次郎の家の戸を叩いた。

「宝次郎さん、まだ間に合うか。うちを選んで下さい。その前に本当に年貢米を三年間納めず二十両貰えるんですか」

「茂助さんとこの娘か、あんたが一番早いぞ。お～よく決心してくれた。大丈夫だ。約束する。じゃけん父ちゃんや家族は良いと言ったのか？」

「うん大丈夫、そんでうちは何をすればいいんだ」

「それは占い師様と相談して決める。今日は帰って家族を安心させてやれ。これは俺の気持ちだ。一年分の米とは別に、ほら米を持っていけ。これで今日はみんなで美味い飯でも食い」

「ありがとうございます。最後にもう一度、本当にお金と米を貰えるのですね」

「疑い深いな、分かった分かった。では約束の金を持って行くがよい。米は重いから後で取りに来い」

イネはホッとした。これで死んでも本望だ。家族が幸せになれる。イネは金と米を貰って一目散に我が家に向かった。だけど家族に黙って村の長と勝手に決めてきた。米の飯を食べられるなんて二年ぶりだ。みんなの喜ぶ顔が浮かぶ。喜び勇んで帰ったイネだが、家族は申し訳なくて喜ぶよりも泣いてしまった。その晩は久しぶりの白いご飯に喜びと悲しみが入り混じっていた。宝次郎は少し遅かったようだな。聞いた話だとイネの後に村長の宝次郎宅を三人くらい駆け込んだらしい。宝次郎は少し遅かったようだな。決まったと断ったそうだ。イネの決断の速さが幸運を手にした……とは言ってもイネは宇治川の生贄にされる身。とても手放しで喜べる筈もない。

そして三日後、イネは一人で来いと宝次郎に呼び出された。いよいよ人身御供の儀式が始まる。だがイネ以外誰も来てはならんとお触れがあった。

一人で来いと言われたイネだが家族は心配でならない。そっと二人の兄はイネの後をつけた。だが暫く行くと何人も見張りが立っていて近づく事が出来なかった。もはやイネの幸運を祈るしかすべがない。二人はその場にしゃがみ込みイネの無事を祈った。

そろそろ陽が暮れる頃、宝次郎と占い師とイネは宇治川の橋の袂（たもと）に向かった。イネも覚悟は出来ている。自分は此処で死ぬんだ。でもいい、村で選ばれた者として村の為、家族の為に死ねるなら幸せだ。自分が人柱となって死んで災害が無くなればイネという娘のお蔭で、村が救われたと名前が残るかも知れない。名誉な事ではないか。

「イネ、この白い衣装に着替えろ。そしてこの数珠を胸から掛けるんだ」

いよいよ儀式が始まる。占い師は棒に白い紙が沢山巻き付いた玉串を手に持って、祈祷を始めた。イネは白装束に着替え橋の袂に向かう。人が一人入る程度の箱に入るように促された。イネはドキドキしながらも箱の中に入る。この後どうなるか心配だった。もしかしたら上流から塞き止めてあった水が一気に流れ川の濁流に呑まれるのだろうか。イネは目を閉じた。もう間もなく川の底に沈んでいくのだろう。イネは覚悟を決めた。

「どうせ死ぬなら苦しまず一気に川の中に流して欲しい、それが私の最後の願い」


やがて静かになった。祈禱する声も聞こえない。暫くすると急にイネが入っている箱ごと誰かが担いでいる。ザバザバと水の中を歩く音、一人ではなく複数で担いでいるようだ。何故か川から引き揚げられ箱ごと荷車で運んでいるようだ。イネは何がなんだか分からない。外を見たくても箱は窓すらない。宇治川の生け贄になるのではなかったのか？　連れて行かれたのは屋敷のようだが？　人の話し声が侍言葉、何処かの武家屋敷であることは間違いないだろう。イネはどうなっているのだろうと困惑した。やがて屋敷に入ると箱が下ろされた。

「殿、連れて参りました」

「おうそうか、では連れて参れ。いや待て、まず風呂に入れて着替えさせろ」

「かしこまりました。そのように致します」

イネは箱から出された。真夜中でよく分からないが庭は沢山の蠟燭の灯りで明るい。立派な屋敷だと分かる。人身御供のはずがなぜこのような所へ連れて来られたのか。しかし死んではいない。

するとと数人の女中がイネを連れて行き大きな風呂に入るように言われた。こんな立派な風呂に入るのは初めてだ。死ぬ前に良い思い出になるだろう。風呂から上がると綺麗な白い着物を着せられ化粧が施された。連れて行かれた部屋には布団が二人分敷かれてある。

幼いイネとはいえ十六歳これから何が起こるか想像が付く。

白い寝巻き姿のイネを見て朝倉元景(あさくらもとかげ)は驚いた。普段は汚い着物姿で化粧なんて皆無。それが綺麗に化粧を施されていた。当のイネ自身、自分が綺麗かどうか分かるはずもない。元景が驚くのも無理はない。ただの石ころが宝石だったとは？　これが選ばれた娘か。百姓の娘とは思いない美しさだ。いやこれほど美しい娘は見た事もない。まさに天女のようだ。それでも喜びを押し殺しようにイネに囁く。

「ほうなかなかの、べっぴんじゃないか。さぁさぁもっと側に寄れ、悪いようにはせん」

この朝倉元景は天下一の極悪人と噂が高い朝倉孝景(たかかげ)の親戚筋にあたる。応仁の乱で時の人となり天下に名を轟かせた朝倉孝景ほどではないが、この辺一帯を治める朝倉元景だ。イネの救いは朝倉孝景じゃなかった事だ。元影は極悪人ではないがスケベで有名だ。そこで各村の長に、何かといって女を集めさせていた。困った宝次郎は自分の娘は差出したくない。そこで占い師と相談して決めたのが人身御供だった。だが娘を人身御供にして、それで水害が収まらなければ村の衆が百姓一揆を起こしかねない。その代わり氾濫が起きない工事をしてくれるならと引き受けたのだった。この朝倉元景、女が手に入るならと簡単に承諾した。女の為なら金に糸目をつけないほどの女好きだ。

だが女好きの元景に誤算が生じた。これまでの女は一ヶ月もすれば飽きて捨てていた。しかしイネは違う。元景は一目惚れしてしまったのだ。当然これまで女とは違う扱い方をした。

これほどの女子は日の本、広しと言えどそう手に入るものではない。それほどイネは美しかったのだ。勿論当のイネさえ、その美貌に気づかない。

本人も気づかない美しさ？　それは環境にあった。生まれた時から貧乏で着る物と言ったらお古や男物の兄のお下がりばかり、風呂は川で水浴びすれば完了。家には鏡だってない。いや必要はなかった。見れば惨めな思いをするから見ないようにしていた。

顔が綺麗かどうかは二の次、生きる為に家族の手伝いをする事。

そんなイネが初めて風呂に入り化粧をして貰った。当の本人でさえ鏡に映った自分が誰か分からないが綺麗な人もいるんだなと思った。化粧を手伝った者達は綺麗になったイネを見て驚いたそうだ。勿論一番驚いたのは元景だ。原石が磨かれてその宝石の美しさを表したのだ。まさに宝石の輝き。元景はその宝石を大事に扱うのは当然だろう。

イネの言う事なら何でも願いを聞いてくれた。イネも戸惑った。イネは買われた身、あらがう事は許されない。毎日弄ばれると思っていた。しかし報酬は貰っているしたとえ奴隷のように扱われようと我慢するしかないと思っていた。それが何故か大事にされている。

イネは少しずつだが元影が何故こんなに女に夢中になったのか分かってきた。それは元影の本妻、お糸の方様は体が弱く妻の務めすら出来ない体。つい女に走ったのも頷ける。イネはどうせ捨てた命と、一生懸命に尽くした。元影だけでなく奥様に申し訳ないと、こちらも一生懸命に看病した。お糸の方も最初は妻の座を奪われるのではないかと辛く当たったが、その優しさに触れ自分の妹のように可愛がった。元影も我が妻に認められるとはたいしたものだと益々可愛がるようになっていった。可愛がって貰うのは嬉しいが優しいイネは奥方に気を使う。私が可愛がられた分奥方は辛い思いをするではないかとイネは奥方の事を第一にお考え下さいと元影を諌めた。寝たきりの奥方は楽しみもない、朝から晩までほとんど布団の中、楽しみはたまに戸を開け外の庭を眺める程度。そこでイネは考えた。

イネが人身御供として乗せられた駕籠を思い出した。朝倉家に仕える者達に例の箱の改良を頼んだ。なにしろイネは殿にもお糸の方様にも可愛がられている。自然とイネにも一目置くようになった。イネの頼みならなんでもしてくれた。此処に来た頃は身分的には最下位。ところが元景に可愛がられた途端、待遇は一変した。いきなり元景、お糸の方様に継ぐ第三位の地位になったのだ。

　イネは自分の地位を利用して、使用人に大きな駕籠を作るように頼んだ。

「イネさん、四人も乗れる駕籠なんて聞いた事がないけど何に使うのです」

「ここだけの話、お糸様を花見に連れて行きたいの。横になって寝られるように。隣ら殿も座れれば良いのです」

「なるほどそれは良い考えです」

「但し、殿にもお糸の方様にも内緒で、あとで驚かせてやりたいのです」


　駕籠を広くして四人ほど座れて横になる事も出来るように変えた。床には布団を敷き詰めた。動いても振動を和らげる工夫した。普通の駕籠の五倍の大きさだ。これだけ大きいと人が担ぐのは無理で大八車を改良し駕籠を乗せた。これで横になる事も出来る。窓も左右に付いているので外を眺める事も出来る。病の奥方でも問題なく出掛けられる。

　やがて完成し、お披露目となった。

「イネ、これは何じゃ。随分と大きな駕籠のようじゃが」

「はい、奥方様。この駕籠に乗り桜見物は如何でしょう。他にも沢山の花が見られる丘にご案内致しとう御座います」

「ほうこれだけ広ければ座ってても横になってても良いな、それに内装が美しい。ぜひ乗ってその丘まで行きたいのう」

それを聞いた元影も大喜び、普段なにもしてやれない奥方を喜ばせるならと一緒に参加した。外が見られる窓も二ヶ所付けた。この大きな駕籠なら元景も一緒に乗れる。これに奥方を乗せ連れ出した。季節も桜が咲き乱れる時期、全体を見渡せる高台に案内した。総勢五十人も付け人を引き連れ、沢山のご馳走も用意された。

やがて桜並木や他の花が咲き乱れる丘に到着した。奥方は思いきり外の空気を吸った。

「外に出られるのは何年ぶりかのう。日和もいいし気持ちいい」

奥方は大喜び、イネの気遣いに涙した。桜を見ながらの料理は格別に美味かった。

「イネちこう寄れ、そなたが考え出したそうじゃな、おかげで二年ぶりに外の景色が見られた。桜がこんなに美しいものとはのう。最後に見られて良かった」

「奥方様、なにをおっしゃられます。これからも見られますよ」

「よいよい、気を使う事はない。良いかこれから私に代わって殿の面倒を見るのじゃ」

「奥様……そんな気弱な事をおっしゃらないで下さい。これからも沢山お仕えさせて頂きますから」

「ありがとう。ほんまに良き日じゃ。イネの心遣い決して忘れぬぞ」

イネが人身御供に身を捧げて一年から宇治川の氾濫は起きなかった。村の衆は知らないが上流で工事が行われたのだ。宇治川が溢れたら別な水路を作りそっちへ流したのだ。そのおかげで村の収穫も潤っていった。何も知らない村人は、これも茂助の娘イネのお蔭だと村の者は感謝し米や穀物、魚介類を茂助の家に届けるようになった。それは嬉しいのだが茂助達家族の心は沈んだままだ。娘を犠牲にして豊かになっても何も嬉しくない。そう思っていた。

殿を頼むと最後にイネにお礼をのべて、一月後お糸の方様は亡くなった。イネは本当の姉を亡くしたような思いだった。姉のように慕い涙するイネに元景は心まで美しい女だと思った。天国に旅立ったお糸の方様もイネなら安心して託せる。

お糸の方様は亡くなる前日に元景に遺言を託した。

「あなたは私を大事にして下さいましたが、もはやこれ以上お役目を果たせません。でもあなたが後妻を貰うのは心配です、ですからイネを後妻にして下さい。あの子なら私も安心して旅立てます。私はイネに癒されました。この数ヶ月本当に楽しめました。イネならきっとあなたも幸せになれますよ」

イネを大事にしないと罰が当たるわよとまで言われた。

元景は正妻を亡くしかなり落ち込んでいた。女遊びが好きな元景だがイネを得てから女遊びはピタリと止めた。しかしお糸の方を失ってすっかり気力を無くしていた。これでは京都から滋賀周辺を治める守護大名の地位にある朝倉元景の能力が問われる。正妻を亡くして朝倉殿は腑抜けになったかと言われかねない。

「お殿様、元気を出して下さい。このままでは変な噂が立ちますよ」

「うむ、それは分かっておるが」

「町や村の民も心配しております。殿様が元気ないと民も元気がなくなります」

「何か良い知恵はないか」

「私達貧しい農民の一番の楽しみは、豊作は勿論ですが、お祭りが一番の楽しみでした」

「ほうお祭りか、しかしそれは民達が行う行事で大名が関わる問題ではないではないか」

「勿論ですが、より一層盛り上げるにはお殿様の力が必要です」

「拙者の力が必要と申すか。いったい何をさせたいのじゃ」

「各町や村の出し物に賞品を出すのはいかがでしょうか。例えば金賞、銀賞、銅賞など優秀なものに与えるのはどうでしょう。そうすれば我こそはと競って素晴らしい山車を作るでしょう」

「ほう、それは面白い。民も喜ぶであろうな」

「それはもう、こぞって競い合えば民も喜ぶ事間違いないと思います。民も元気になるしお殿様の評判もあがるでしょう」

「流石はイネじゃ。お糸を喜ばせた時から知恵者と思っていたが、しかし何処からそんな発想が浮かぶのじゃ」

朝倉元景は早速実行に移した。元景の管轄地域に一斉にお触れを出した。お祭りで各地区代表の山車を出し合い競うというものだ。賞金が貰えるのは勿論だが賞を取れる事に意義があった。我こそと競って出し物が出た。観衆も大いに楽しめた。この祭りは評判を呼び二年目になると規模も大きくなり一層盛り上がりを増していったと同時に、元景の人気もウナギ登り。勿論陰の功労者はイネである事は間違いない。

あれから五年の月日が流れた。あの宇治川から連れ出されたイネは、最初は怖かったが、この元景は女好きだが、キチンと愛情を持って接してくれた。特にイネを気に入り特別に可愛がった。十歳も違う年だがイネは愛される幸せを感じた。イネは朝倉元景の子を宿していた。授かった子は四歳と二歳の男の子。母となったイネは幸せだった。朝倉元景はイネも息子も溺愛するようになった。本妻の間には子宝に恵まれず亡くなった。今ではイネの方（かた）様と呼ばれる身分である。字が読めない書けない、では元景が恥をかく。イネは徹底して英才教育を受けた。正妻には教養が必要だ。読み書きは当然、言葉使い、御茶や書道、華道、などみっちりと教育を受けた。嫡男は朝倉家の跡を継ぐ定めにある。いずれイネの子は元景に代わり、この一帯を治めるのだ。イネは朝倉家の高い地位に就いたのは言うまでもない。

だが心配事がある。やはり家族の事だ。今でも宇治川の犠牲となったと思っているだろう。出来るなら生きている事を知らせたい。だが元景は許さなかった。イネが生きていることを知られたら、女をかき集めた事が露呈してしまう。知っているのは元景の他に村の長の宝次郎と占い師だけだ。村の衆も誰も知らない。それなのに生きていましたと帰れる訳がない。

そこでイネの方様は元景に頼んだがウンと言わない。自分の女好きが知られてしまう。今でこそイネを溺愛するあまり女好きはピタリと止めたが。そこでイネが考えた作戦がある。それには占い師の協力が必要だ。早速、占い師は元景の屋敷に呼ばれた。そこには元影とイネも同席していた。占い師はイネの方様にひれ伏した。今や身分が逆転し立場が違う。イネの方様が言った。

「そちに頼みがある。聞いてくれるか」

「ハハッ、イネの方様どのような事でもおっしゃる通りに致します」

その内容とは。確かあの時は人身御供として宇治川に人柱と身を捧げたが、その時天が割れ一筋の光がイネの身を包んだと言う。偶然そこに居合わせたのが朝倉元景の一行だった。その時の朝倉元景は天から舞い降りた神様のようだったと。その神様が人身御供とは何事かとイネを救ったという筋書きであった。まったく逆の発想である。娘を騙し自分の女にする目的が人を助ける神様になったのだ。

これには朝倉元景も喜んだ。スケベで女好きが一転、神様扱いとは悪い気がしない。

数日後、村の長、宝次郎と占い師が村の衆に重大な話があると集めた。村の人々は嫌な予感がした。また娘を人身御供にする話ではないかと。勿論、茂助達家族も同じ気分だった。イネを失いまた新たな村の娘が犠牲になる、怒りが込みあげる。

「またまた人身御供の話か、イネが犠牲になりあれから氾濫は起きていないのに、それともそろそろ人身御供を差し出さないと、氾濫が起きるというのか」

「皆の衆、まぁそんな怖い顔をするな。茂助さんの娘が人身御供にされてから一度も氾濫が起きてない、それなのに人身御供にする必要はなかろう。皆の衆、今日は良い話ばかりだ。それに茂助さん喜んで欲しい事がある」

「イネはもういない。それなのに何が喜べるんだ」

「驚くな。イネは……いやイネの方様は生きている」

「なっ!? なんだってイネが生きている。しかもイネの方様って誰の事だ」

話が分からないので占い師が説明した。イネの方様は神のような朝倉元景様に命を拾われ、今ではその奥方に収まり二人の子供までいると説明した。誰もが口をアングリと開けて驚いた。川の氾濫を収めたのも朝倉元景と分かり、イネを助け村も救った神様と崇められる事になった。

「それで今からイネの方様一行が間もなく此処に来る。皆の衆に挨拶と、お礼をしたいそうだ。良いか決して失礼のないように相手は朝倉元景様の正妻でイネの方様ですから」

茂助と家族は驚きを通り過ぎていた。人身御供が神様の奥方として帰ってくる。

夢のような話だ。まさに選ばれし者の村の天使だ。やがて何百人もの行列がやって来た。豪華な駕籠に乗って下に〜下に〜とやって来た。やがて駕籠が停まり腰元達が駕籠を開けた。豪華な衣装を纏いまさに天使が舞い降りたようだ。イネの容姿の変わりようは、まるで天女のようだった。小汚いボロボロの着物を着ていたイネが……驚きと共に村の衆は平伏した。

「驚かせて申し訳ございません。私はあのイネです。村の為と思ったこの命、役に立ったでしょうか」

言葉使いもまるで違う。本当にあのイネなのか誰も信じられない表情をしている。

「とっとんでもねぇ。オラ達がイネの方様を見捨ててしまった。許して下され」

「いいえ、私は選ばれし者です。その願いを神様が救って下さいました。村の為に役に立てて良かったと思っています」

そう言って茂助や兄達の前に立った。深くお辞儀をする。戸惑う家族達の手を取ってイネの方様は心配かけましたと涙した。

「イネの方様、とんでもねぇ。恨んでないか」

「父上、娘に様を付けるのは、お止めて下さい。私は貴方の娘であり家族ではありませんか」

「そうかイネ、偉くなっても父と呼んでくれるか嬉しい。生きていてくれるだけで嬉しいのに。立派になって」

「村の皆様方にお殿様、つまり私の夫、朝倉元景より言伝があります。これから先、決して人身御供となる犠牲者は出させないし、困った事があったら相談に乗ると言っておられます」

村人から拍手が沸き起こった。イネの方様は更に続けた。

「私は、夫元景さまに生い立ちを聞かれました。私は母が栄養失調で亡くなった事、私だけではなく村人は食べるものもなく沢山の村の方々が亡くなった事を語りました。元景さまは財政を削っても村人の為に食料を与え、餓死者を出さないように努力すると言って下さりました。ですから私の夫、元景を信じて下さい」

村人から拍手が沸き起こった。それから村の衆に向かって言った。生まれ育った村の為にしたい事があると。

「私は、この村に神社を建てたいと思います。お殿様からその資金を出して頂き災害のない村を祈願して、それとこの神社を管理する神職を選びその役職は「職階」「階位」「身分」などありますが、これを村の衆から選びます。もちろん素人が出来る訳ではありませんが、最初に神主様が指導し皆様は見習いから始め、後に役職を決めると言うものです」

するると真っ先に当然、村に貢献した茂助を推薦した。オラは出来ないと謙遜したが一生懸命励めば出来ると後押しされた。それから数人が選ばれ神社の仕事が出来る事になった。

村人は大喜びした。神社が出来れば多くの人が足を運び村は栄えるだろう。そして最後にイネは生まれ育った家を見たいと、暫く家族団らんのひと時を過ごした。別れ際に五年間も心配を掛けたと、そしてお殿様からお礼として三百両もの大金を置いていった。これで家を建てて幸せに暮らして欲しいと、今度来る時、二人の子供も連れて来る約束をして帰って行った。後に宇治神社として今では国宝となっているが、村人はイネの名を取り稲神社として崇めた。

了

著者プロフィール

西山 鷹志（にしやま たかし）

埼玉県川口市在住。
都内デパートに就職。
25歳で独立流通業を始める。
26歳 西山商事（有）を会社組織にし埼玉県戸田市を本拠地とする。
50歳 千葉県船橋市営業所設立。
59歳 廃業。
50歳頃から小説に興味を抱き、今回出版に至る。

警察官 ～他九編の短編集～

2024年7月15日 初版第1刷発行

著 者 西山 鷹志
発行者 瓜谷 綱延
発行所 株式会社文芸社
〒160-0022 東京都新宿区新宿1－10－1
電話 03-5369-3060（代表）
03-5369-2299（販売）

印 刷 株式会社文芸社
製本所 株式会社MOTOMURA

ISBN978-4-286-25490-6

文芸社セレクション

警察官

～他九編の短編集～

西山 鷹志

NISHIYAMA Takashi

文芸社

文芸社セレクション

警察官

～他九編の短編集～

西山 鷹志

NISHIYAMA Takashi

文芸社

目次

警察官……5
湖畔の宿……33
初恋の人……45
刑事、坂本詩織　只今謹慎中になり……61
春雷　千春の人生……87
歌手　矢羽美咲……125
第一章……126
第二章　アッという間にアイドル……134
第三章　再スタートへの道……144
最終章　返り咲いた美咲……149

資源は力なり（吉永灯美子の妄想）…… 159
黄昏の哀歌…… 171
宇宙人二世　マリア…… 193
第一章　飛行物体…… 194
第二章　宇宙人二世マリア誕生…… 209
第三章　特殊能力…… 217
第四章　家族の結束…… 226
第五章　会議室での出来事…… 235
第六章　エスパーマリア…… 250
選ばれし者…… 259

警察官

九月八日、今日は特に残暑が厳しい昼下がりだった。

アスファルトが溶けてしまいそうなほどに、うだるような暑さだ。

おそらく俺の立っている場所の気温は三十六度前後あるのではないか。

俺が勤務している交番は北関東の地方都市で人口五十万を超す中核都市だが、東京から見れば田舎かもしれない。

それでも充分に地方都市の役割は果たしている。

交番は街の中心から二キロほど離れた場所にある。

一人で巡回に出たのが十時だから、かれこれ三時間近くが過ぎた。

規定の巡回を終えたので再び自転車に跨りペダルを踏んだ。

ひと漕ぎする度に汗が噴き出るような猛暑の中を走った。


「吉田（よしだ）さん、異常ありませんでした。今から食事にして宜しいですか」

「おうご苦労さん。悪いが俺は先に済ませたからな。今日は何を食うんだね」

「いつもの物ですよ」

吉田警部補は定年間近の五十九歳だ。普通に昇進試験を受けていれば、もう少し上の階級だったと俺は思っている。

ただ今の階級に昇進したのは俺が配属される少し前で、それ以前まで巡査部長だったとか。